AU CLAIR DU MYSTÉRE

A SAMANTHA TRUE MYSTÉRE

KRISTI ROSE

Parfois, ce n'est pas la chance qui frappe à la porte, ce sont les ennuis. Le premier soir de Samantha True, pour sa toute première mission de photographe au sein de la police scientifique, elle a appris trois choses :

1. Les scènes de crime, c'est salissant.

2. Surtout quand on vomit partout.

3. Elle n'est peut-être pas taillée pour ce métier.

Quand la police l'emmène sur une deuxième enquête, elle est tout aussi abasourdie que ses collègues. Pourquoi la dame de la cantine scolaire, Miss Trina, est-elle enchaînée à un poteau ? Est-ce en rapport avec les vols constatés un peu partout à Wind River ?

Samantha n'est peut-être pas faite pour prendre en photo des scènes ensanglantées, mais en tant que fille du journaliste du coin, elle ne manque pas d'intuition. Sans compter qu'elle est chez elle dans cette ville, et qu'elle ne compte pas laisser le crime ravager ses rues paisibles.

Alors que les habitants se réunissent pour aider Miss Trina, Samantha commence à fourrer son nez à droite et à gauche. Elle ne tarde pas à dévoiler de sinistres affaires qui la poussent à remettre en question tout – et tous ceux – qu'elle croyait connaître.

Sa petite ville regorge de mystères. Et elle préfèrerait peut-être rester dans l'ignorance.

CHAPITRE UN

Si quelqu'un néglige de saisir sa chance, est-ce que sa vie est gâchée ? Cette question me préoccupait souvent. Est-ce que je regretterais de ne pas avoir pris cet appel ? La fonceuse en moi disait : « Samantha, tu gères. » La partie de moi qui détestait la fonceuse disait : « Au diable tout ça ! Ignore tout le monde et rendors-toi. »

Dans mon cas, la chance frappa vers quatre heures du matin alors que j'étais au lit à lutter contre une maudite grippe. Le timing de cette chance était pourri.

Pourtant, quand le téléphone fit retentir sa troisième sonnerie, je décrochai.

— Rends-toi aussi vite que possible sur River Forest Road, me dit la dispatcheuse du comté. Une voiture a percuté un chevreuil, pas de décès sur les lieux en dehors du chevreuil. Tu vas prendre des photos pour la compagnie d'assurances.

Clairement agacée, elle continua :

— L'accident s'est produit entre la ville et le

château d'eau. Pas plus de détails. C'est le mieux que j'ai comme adresse.

— Je sais où c'est, dis-je d'une voix rauque, la gorge sèche.

Deuxième jour de grippe, et le virus était le grand vainqueur.

Je vivais à quatorze minutes dudit château d'eau et pile au milieu de la ville à laquelle elle faisait référence, Wind River. Notre ville était trop petite pour se permettre d'avoir des services d'urgence vingt-quatre heures sur vingt-quatre. Après 21 heures, tous les appels étaient gérés par les plus grandes villes de notre comté.

La dispatcheuse soupira.

— Oh, encore une chose. Boyd Bartell ne sera pas là. Apparemment, il a trop bu au mariage de son frère. Tu seras supervisée par les flics sur place. Ils te diront quoi faire. Bonne chance, la stagiaire.

— D'accord, merci, dis-je, la tête encore sur l'oreiller, les yeux toujours fermés.

Elle raccrocha, mais je gardai le téléphone contre mon oreille, chacun de mes gestes était lent. Où allais-je trouver l'énergie de sortir du lit ?

Pendant les six dernières semaines, j'avais attendu cet appel. Pour pouvoir obtenir un diplôme universitaire de photographie médico-légale, il me fallait cette expérience du terrain. Voilà ma chance de prouver que je pouvais faire le boulot. C'était bien ma veine, d'avoir de la fièvre et à un degré d'avoir une hallucination.

Je me glissai hors du lit. Par-dessus mon débardeur, j'enfilai mon sweat-shirt préféré des Seahawks récupéré à moitié sous mon lit et décidai que mon pantalon de yoga suffirait. Pendant que j'attendais que ma Keurig me fasse une tasse de café, je fourrai mes pieds dans des baskets et avalai une dose de médicaments contre la grippe. Puis je rassemblai mes cheveux en un semblant de queue-de-cheval. Ma tête cognait déjà.

Avec mon sac à appareil photo sur l'épaule et mon café à la main, je traînai les pieds jusqu'à « LC », ma Jeep Wagoneer classique. LC portait le nom des explorateurs Lewis et Clark. Comme les explorateurs, mon véhicule appréciait de sortir des sentiers battus et était capricieux.

Je pris la direction de River Forest Road avec LC. Pendant que mes aisselles tachaient mon sweat-shirt Seahawks en attendant que les médocs fassent effet, j'envoyai une prière silencieuse pour invoquer la chance qui m'aiderait à réussir.

Même si je voulais être photographe médico-légale, je n'étais pas sûre que cette profession me corresponde bien. Pas parce que je doutais de mes compétences pour capturer les images nécessaires, mais parce que la photographie avait cessé depuis longtemps d'être ma passion et était devenue mon choix par défaut, un moyen de dissimuler mes lacunes. Même si mon cerveau peinait à donner du sens à des symboles comme les lettres et les mots, il faisait un travail incroyable pour capturer les images et les stocker sur le long terme dans les moindres détails. Une photographe dyslexique avec une mémoire photographique. La vie pouvait être cruelle.

Nombre des photos qu'ils avaient montrées en cours étaient repoussantes. Quand vous voyez des choses terribles, vous ne pouvez pas les effacer. C'était doublement vrai pour moi. Ce genre de photos change la manière dont on aborde chaque jour, parce qu'on sait ensuite que l'inimaginable est possible. Étais-je prête à chevaucher la limite entre la lumière et les ténèbres chaque jour ? C'était la question que je me posais depuis que ce cours avait débuté. Comme plan de secours, j'avais commencé à étudier pour ma licence d'enquêtrice privée. Un intervenant qui avait été invité à l'école avait dit qu'être un privé revenait essentiellement à assurer le suivi de déclarations de sinistre. Simple comme bonjour. Ça ne semblait pas trop dur, ni grotesque, et l'intervenant avait dit que les exigences de lecture étaient minimes.

Le trajet jusqu'à River Forest Road me prit sept minutes de plus. Je ne m'osais pour rouler à vitesse normale puisque me concentrer sur la route était difficile, et le café ne m'aidait pas. Au lieu de ça, son goût âcre m'enduisait la langue, et la boisson pesait comme de la boue dans mon ventre.

Mon corps tremblait en partie à cause des frissons de fièvre, en partie d'appréhension, et je soufflai pour calmer mes nerfs.

Les lumières clignotantes de la voiture de patrouille étaient bienvenues, et je garai LC derrière. Devant se trouvait une Mustang Saleen rouge flamme. Des filets de fumée sortaient sporadiquement du moteur. La voiture se trouvait en travers des deux voies, alors impossible de dire dans quelle direction elle allait.

— Nom d'un chien ! m'exclamai-je.

Cette Mustang appartenait à Kenny Greevey

Junior et était peut-être sortie depuis une semaine de la salle d'exposition.

Les flics sur place tournaient autour de la voiture. Junior était sur le côté de la route, l'air bouleversé et accroupi avec les mains sur la tête. Il était habillé pour le travail avec un pantalon de costume, mais sans la veste.

Je sortis de LC. L'automne battait son plein dans le nord-ouest du Pacifique, rendant la nuit froide. Le vent glacial rafraîchissait ma peau fiévreuse. J'avais désespérément envie de m'allonger sur le sol froid mais je me forçai à marcher vers la scène de l'accident.

En pilote automatique, je passai mon appareil photo autour de mon cou et retirai le cache. Je posai mon kit de scène de crime inutilisé sur le toit de ma Wagoneer.

La voiture de patrouille avait allumé ses feux pleins phares, et quatre projecteurs portables illuminaient la scène. J'étudiai les flics qui géraient l'appel. La nuit devint encore plus merdique à vitesse d'hyperpropulsion quand un des flics s'avéra être Leo Stillman, un fléau de la société.

Oh, il était agréable à regarder. Des traits amérindiens marqués avec des yeux gris et des cheveux aussi sombres que son âme. Tout le monde aimait Leo. Tout le monde sauf moi. C'était Mister Super. Mais j'avais à l'esprit un autre mot qui commençait par S quand je pensais à Leo.

Il gardait ses cheveux courts, ce qui accentuait les traits de son visage anguleux, comme un aigle omniscient qui voyait tout, prêt à frapper.

Un air qu'il avait reproduit sous la forme d'un tatouage d'aigle sur son avant-bras.

Nous étions allés au lycée ensemble. Lui ainsi que Junior avaient été diplômés dans la classe de ma sœur deux ans avant moi. Leo avait été le *quarterback* titulaire qui avait reçu une bourse pour l'université, même s'il était de notoriété publique qu'il n'avait aucun désir d'être joueur professionnel. Quand il avait été diplômé, il était revenu à Wind River pour servir dans le conseil tribal de la tribu Cowlitz et avait récemment rejoint l'agence locale des forces de l'ordre. Si je m'étais sentie mieux, je me serais moquée du fait qu'il était un bleu.

Je ne savais pas pourquoi il ne m'aimait pas, mais tel était le cas. Et j'estimais que lui rendre son hostilité était indélicat, alors je donnais tout ce que j'avais.

Je me rapprochai de l'autre flic, le seul lieutenant dans la police, Bruce Rawlings. Clairement, la police choisissait bien ses associations parce que, dans un concours d'abrutis, l'un ou l'autre de ces gars aurait pu gagner.

— Quelqu'un a demandé un photographe ? demandai-je d'une voix rauque en levant mon appareil.

Rawlings arqua un sourcil et s'avança vers moi.

— Stagiaire, hein ? Essaie de ne pas foirer.

— Je suppose que ça dépend de toi puisque tu vas me dire ce que je dois faire. De quoi as-tu besoin ?

Je fermai les yeux. C'était censé être un clignement, mais cela se transforma en parenthèse d'une seconde. Je me redressai.

Leo s'approcha de nous et m'examina, les pouces dans son ceinturon.

— Tu ne peux pas faire ça, dit-il. Tu tiens à peine debout.

Il leva un doigt devant mon visage. Le doigt oscilla d'un côté à l'autre.

Ou peut-être que c'était moi.

Oui, il marquait peut-être un point, mais je n'allais pas l'informer que j'étais d'accord avec lui. J'allais prendre ces stupides photos, puis je rentrerais et dormirais sur le sol froid de ma salle de bains.

— Tu es soûle ? demanda Leo.

C'était une blague ?

— Non, je ne suis pas soûle, répliquai-je d'un ton mordant. J'ai la grippe et une température de soixante-six milliards.

— Est-ce que tu en es sûre ? Il me semble que tu pourrais être soûle. Tu es une épave, se moqua-t-il. Quelle professionnelle... Tu ne devrais pas être ici.

— Est-ce que tu me demandes de m'en aller ?

Cette opportunité tournait rapidement mal. J'avais deux options. Me barrer maintenant et espérer recevoir un autre appel. Pas mon option préférée, mais bien plus facile que de rester là où on ne voulait pas de moi et où mes photos et ma prestation seraient jugées sévèrement. Ou, deuxième option, faire en sorte que rester et terminer le boulot soit l'idée de Leo ou Rawlings, déplaçant ainsi quelque peu la responsabilité de mes résultats sur l'un d'eux. Je croisai mentalement les doigts pour la deuxième option.

J'attendis deux secondes, puis me retournai et allai vers LC.

Derrière moi, il soupira.

— Arrête. Nous voulons tous rentrer. Il est presque cinq heures. Prends tes photos pour que nous puissions partir.

Je pivotai.

— Je suis surprise que tu ne m'aies pas arraché cet appareil pour prendre toi-même les photos, puisque tu es M. Doué pour tout. Je parie que tu vas dépasser Rawlings ici présent d'un jour à l'autre.

Rawlings ricana.

— Elle a compris ton petit jeu. On dirait qu'elle ne pense pas que tu sois un tombeur, le bleu. Il était temps qu'on rencontre quelqu'un qui ne se pâme pas devant toi quand il te voit.

Leo souffla dédaigneusement.

— La seule chose que Samantha ait comprise, c'est...

Je me penchai en avant et chuchotai rageusement :

— Tu vas continuer à parler ou me dire par où tu veux que je commence.

Leo pointa la voiture de sport du doigt.

— Junior a démoli la voiture.

Je lançai un coup d'œil par-dessus mon épaule vers Kenny Greevey Junior.

— Il va bien ?

Junior était M. Merveilleux, de la manière la plus sincère. Son petit frère Kevin était un fauteur de troubles, même les problèmes avaient peur d'être surpris avec lui. Mais Junior ? Non. Beau, bien que plus ordinaire que canon, et pas excessivement amical ni mielleux. Il était le cliché d'un mec sincèrement bien.

Je chuchotai quand je demandai l'impensable.

— Est-il soûl ?

Junior n'aurait jamais enfreint la loi. Il avait été président du conseil des élèves au lycée. Il était respectueux des règles à cette époque, et je n'arrivais pas à imaginer que cette ferveur pour la légalité n'ait pas continué à l'âge adulte.

— Non, répondit Rawlings. Il a perdu connaissance quand le chevreuil a heurté le pare-brise. Il est resté assis là un moment avant de reprendre conscience et de le signaler lui-même.

— Est-ce qu'il revenait du travail ou y allait ?

Un costume avant l'aube pouvait signifier une de ces deux choses : une sacrée nuit ou un bourreau de travail.

Leo croisa les bras.

— Il allait au travail.

Bourreau de travail.

— Pauvre gars, dis-je. Est-ce qu'une ambulance est en route ?

— Pauvre chevreuil, dit Leo en hochant la tête en direction de la voiture. Pourquoi tu ne prendrais pas des photos de tout ? Surtout du chevreuil et de l'endroit où l'impact s'est produit.

— Junior a dit qu'il n'en avait pas besoin, me dit Rawlings. Son père vient le chercher.

Heurter un chevreuil sur River Forest Road n'était pas inédit. D'un côté de la route il y avait une forêt et de l'autre la rivière. Heurter un che-

vreuil requérait à peine plus qu'un mauvais timing et une accélération sur la ligne droite. Peut-
être que Junior avait bien un côté sauvage et rodait sa nouvelle voiture. L'ironie serait d'avoir eu
un accident la seule fois où il avait décidé de faire
un excès de vitesse.

Je fis le tour vers l'avant de la voiture et
ajustai deux des projecteurs pour éviter l'éblouissement, les ombres et illuminer l'essentiel de la
voiture.

Une fois cela fait, la vue devant moi devint
claire et le contenu de mon estomac menaça de se
déverser. Seule une déglutition rapide l'en empêcha. Le corps tordu du chevreuil était allongé sur
le capot, à moitié dans le pare-brise, à moitié dehors. La tête sur le capot, ses yeux vitreux et
sombres me fixant.

Je serrai les lèvres dans l'espoir de garder le
contrôle. Leo s'approcha derrière moi et pointa
les endroits à photographier qu'il pensait que
voudrait la compagnie d'assurances.

— Prends des photos du corps. Et derrière la
voiture, là où il n'y a pas de traces de dérapage.

Je levai mon appareil au niveau de mon œil et
m'assurai que le focus était bon avant d'appuyer
sur le bouton de l'obturateur et de prendre plusieurs clichés. Je suivis le doigt de Leo et pris des
photos de tout ce qu'il indiquait.

Je fis un zoom sur les dommages de la voiture,
essayant d'ignorer la fourrure qui s'accrochait à
des endroits aléatoires de la grille de calandre et
du pare-brise.

Dégoûtant.

— Par ici, Samantha, dit Leo avant de désigner la tête. Prends une photo du pare-brise. Ce chevreuil a heurté la grille puis a atterri sur le capot et dans le pare-brise.

Je dus m'accroupir pour faire ce qu'il me demandait, et pendant tout ce temps les yeux perçants du chevreuil me suivaient. Ils étaient vides et froids. C'était idiot de se monter la tête pour un chevreuil, mais c'était la première fois que je voyais la mort de près dans la vraie vie.

Je pris des clichés de l'aile endommagée, probablement le premier point d'impact. Mes tripes se serrèrent, signe que quelque chose clochait. Seulement, je ne savais pas si ça venait de moi ou de l'accident.

L'air était étouffant. Même si une brise arrivait de la rivière, rien ne m'atteignait. Étonnamment, l'arôme métallique du sang pénétra mon nez rempli de morve. Ou c'était mon imagination. L'un ou l'autre était possible.

Je déglutis convulsivement et détournai les yeux dans l'espoir de me ressaisir.

— Reprends-toi, Samantha, marmonna Leo.

J'ignorai la tension dans mon estomac et me concentrai sur le boulot, voulant à tout prix en finir pour pouvoir partir.

— Je dois prendre ma règle pour la poser à côté du... hum, euh, sur le capot pour avoir l'échelle ? demandai-je

Leo tapota les poches de son pantalon d'uniforme.

— Nous avons une règle quelque part.

Une nouvelle couche de sueur apparut sur mon front, et des gouttes coulèrent sur ma nuque. Je levai les yeux vers le ciel et essayai d'imaginer des chiots et de joyeux chatons. N'importe quoi qui ne soit pas horrible ou ne me retourne pas l'estomac. Mais je n'avais rien. Je ne pouvais penser qu'à la viande, à l'odeur et à la tête du chevreuil.

— J'en ai une, dit Leo en arrivant derrière moi.

— Oh non.

Je ne pouvais pas me retourner et courir parce que Leo était derrière moi sur ma droite et que le corps du chevreuil était sur ma gauche. Je chancelai, puis plaquai une main sur ma bouche.

Du vomi jaillit entre mes doigts et atterrit sur le chevreuil et la voiture.

Ça expliquait mon mauvais pressentiment.

— Mince, dit Leo froidement.

CHAPITRE DEUX

— Nom de Dieu ! rugit Rawlings. Tu es pire que le bleu. Regarde ce que tu as fait.

Je m'essuyai la bouche de la manche de mon sweat-shirt.

— Voyons le bon côté. Au moins les nouilles de la soupe que j'ai mangée tout à l'heure peuvent nous donner l'échelle. La règle est inutile.

C'était une mauvaise blague, mais c'était tout ce que j'avais trouvé à répondre.

Le mot « humiliation » ne couvrait même pas ce que je ressentais. Si la terre m'avait engloutie vivante à ce moment-là, je n'aurais pas protesté. J'aurais volontairement plongé dans un gouffre, un volcan actif, ou dans la gueule d'un requin géant. Cette stupide opportunité est arrivée avec un timing pourri.

Résolue à ne pas permettre que cette histoire ne se résume qu'au vomi et non aux photos, je continuai à prendre des clichés. Après avoir essuyé la main sur mon pantalon, bien sûr.

Leo m'attrapa par le bras.

— Allez. Tire-toi d'ici avant de foirer encore plus que tu ne l'as déjà fait.

Il me fit faire volte-face, et prise de vertige, je lui agrippai le bras pour m'empêcher de tomber.

— Tu n'aurais pas dû sortir comme ça, Samantha.

Il m'entraîna vers LC.

— Alors qui aurait pris vos photos ?

Tenir son rythme était difficile. Je traînais les pieds, et occasionnellement mon gros orteil s'accrochait sur le bitume et je trébuchais. Je continuais à agripper le bras de Leo pour me soutenir alors que je zigzaguais vers ma caisse.

— J'aurais pris les photos. Nous l'avons déjà fait. C'est mieux qu'une pseudo-photographe soûle.

Stupéfaite par son accusation, je trébuchai, lâchai son bras et tombai en avant. Mon appareil photo racla le sol. Je me rattrapai sur les mains, heureusement, et ne me déshonorai pas complètement en tombant face contre terre. Je refusai de rester par terre. Sinon, je donnerais encore plus matière à Leo de se moquer. Je me relevai lentement puisque mon équilibre était encore précaire.

— Je ne suis pas soûle. J'ai la grippe, crachai-je d'un ton venimeux.

Leo renifla avec incrédulité.

— On dit que toi et Precious traînez au Junkie's maintenant qu'elle a l'âge légal pour boire. Tu es sûre que tu ne t'es pas torchée avant de venir ici ?

Precious était ma meilleure amie. Nous étions proches depuis le CM1.

— On voit bien que tu ne sais rien. Ce qui, étant donné que tu es flic, prouve que tes talents d'observation sont nuls. On dirait que tu n'es pas aussi doué pour tout que tu ne le crois. Ha.

J'appuyai sur le dernier mot, tellement que cela me fit tousser. Je pointai ma poitrine alors que je toussais dans ma main.

— Tu vois, je tousse, dis-je quand la toux s'apaisa. Les ivrognes ne toussent pas.

Il répondit en ouvrant la portière de LC et pointa son doigt pour que je monte.

— Si je suis soûle, est-ce que je devrais conduire ? demandai-je amèrement.

— Bonne remarque.

Il claqua la portière.

— Oh, bon sang de bonsoir.

Je levai les bras en l'air de frustration.

Leo me frôla en allant vers la voiture de patrouille. Il prit un sac dans le coffre, puis revint vers moi. Déposant le sac en toile à mes pieds, il fouilla dedans jusqu'à trouver un éthylotest.

— Pour l'amour de tout ce qui est bon et saint ! dis-je.

Je le contournai, mais il me bloqua.

— Tu dis que c'est la grippe ? Prouve-le.

Oh, comme j'espérais qu'il attraperait le virus et que ça le coucherait pendant des jours ! J'attrapai l'éthylotest dans sa main, puis inspirai profondément avant de pousser une puissante bouffée dans le petit dispositif.

Oui, j'étais furieuse de cette situation parce que je restais plantée là. J'étais furieuse contre moi-même de ne pas avoir dégobillé ailleurs que sur la scène de l'accident. Mais je m'en remettrais. Grandir en peinant à lire m'avait placée dans plusieurs situations pénibles, et cette école des coups durs m'avait endurcie. Cependant, ce dont je ne me remettrais pas, c'était d'être traitée comme une dégénérée par Leo Stillman.

— Quand tu auras terminé, donne ça à Junior, dit Rawlings.

L'éthylotest bipa, et je montrai le chiffre à Leo.

— Ha, dis-je, puis je repris ma quinte de toux.

Inspirer et expirer profondément était difficile, mes poumons étaient lourds et remplis. Inspirer de copieuses quantités d'air avait été un effort que je payais aussitôt.

Leo me prit le dispositif, lut les chiffres, puis le secoua vigoureusement.

— Il doit être cassé.

J'eus envie de l'insulter, mais j'étais coincée à tousser. Lorsque la toux s'apaisa, et que je pensais que j'allais pouvoir prononcer un mot, une nouvelle quinte de toux reprit.

Leo sourit d'un air narquois.

— On dirait que tu as quelque chose à dire mais que tu ne peux pas le sortir. C'est dommage.

Alors que je toussai dans mon coude, je levai mon autre main et plantai mon majeur dans son visage.

Le petit muscle dans sa mâchoire tiqua deux fois. Mais avant qu'il ne puisse répondre, la radio fixée à son épaule émit un son.

— Brigade 50, dit une voix masculine que je reconnus.

Jeff Smith était un des trois flics employés par Wind River et l'homologue de Leo. Ajoutez le chef, un sergent et le lieutenant Rawlings, et la police était au complet.

— Allez-y, brigade 50, répondit une voix féminine.

— Je me trouve au 5545 sur la 179e Avenue. Le bar Junkie's. J'ai besoin de soins médicaux pour une femme inconsciente, qui ne répond pas mais respire, approximativement quarante-cinq ans, avec une blessure possible sur le haut du corps. J'ai aussi besoin des pompiers, elle a été clouée à un poteau par une voiture.

— 10-4 Brigade 50, l'assistance médicale est en chemin. Les pompiers sont en route, annonça la dispatcheuse.

Nous restâmes tous silencieux pendant une seconde.

— Nom de Dieu, dit Rawlings.

— Mme Trina ?

Mes yeux se fixèrent sur le visage de Leo, cherchant les réponses à ce qui n'avait pas été dit durant la courte conversation. Ce devait être Mme Trina. Elle travaillait chaque vendredi soir au bar Junkie's. Les vendredis étaient la soirée à thème, et elle m'avait dit une fois que les soirées à thème étaient ses préférées. Smith avait donné l'impression que sa blessure était sérieuse.

— Nom d'un chien, dit Junior derrière moi.

Je me retournai et le trouvai à marcher vers nous, une serviette pressée contre son front.

— Est-ce qu'il a dit que Mme Trina était blessée ?

Junior avait l'air aussi choqué que moi.

Nous avions tous connu l'école avec Mme Trina. En tant que cantinière en cheffe, elle voyait quand un élève avait une mauvaise journée et nous donnait des petits pains, des nuggets ou un coca supplémentaire. Avec le petit frère de Leo, Hue, j'avais passé pas mal de journées à recevoir des extras de la part de Mme Trina. Sa fille la plus âgée, Becca, avait mon âge. La plus jeune était en dernière année de lycée. Mme Trina était devenue mère célibataire quand son mari Bart avait fait une crise cardiaque massive en février. Il était tombé raide mort dans une supérette près du stade de Century Link Field à Seattle après un match des Sounders. Il avait tendu la main vers une bouteille d'eau et était mort sur place.

Mme Trina passait une année pourrie.

— Tu n'es pas allé au Junkie's ce soir ? demandai-je à Junior.

Si j'étais une habituée, Junior aussi. Il y allait aussi souvent que moi.

Il grimaça.

— J'y suis allé un moment mais je suis parti tôt parce que je devais être au travail de bonne heure aujourd'hui.

Son visage se tendit.

— Je parie que ça ne serait pas arrivé si j'étais resté plus tard, dit-il d'un ton colérique.

Il se tourna vers Rawlings.

— Il y avait deux gars qui cherchaient la bagarre. Je ne les connaissais pas. Ils n'étaient pas du coin.

— Je veux ta déposition là-dessus plus tard, dit Rawlings.

Il pointa un doigt vers moi :

— Tu es sûre que tu as des photos de tout ça, Samantha ?

Je hochai la tête, trop engourdie pour parler.

Rawlings dirigea son doigt vers Junior.

— Tu as appelé une dépanneuse ?

Junior hocha la tête.

— Alors nous allons partir maintenant, annonça Rawlings.

— Compris, dit Junior. Mon père devrait bientôt arriver de toute façon.

— Je vais rester avec toi, Junior, jusqu'à ce que ton père arrive, dis-je.

Ça ne semblait pas approprié de laisser quelqu'un seul sur la route au vu de l'accident de Mme Trina. Comment une voiture l'avait-elle clouée à un poteau ?

Rawlings m'attrapa par le coude et me poussa vers LC.

— Impossible, Photogirl, tu vas devoir venir avec nous. Tu es la photographe de permanence. Essaie de suivre aussi.

Je lançai un coup d'œil par-dessus mon épaule vers Junior, Leo et la scène de l'accident. Ce n'était rien comparé à ce que j'étais sur le point de voir. Je croisai le regard de Leo et déchiffrai son scepticisme. Il ne pensait pas que j'étais prête à relever le défi.

Mon esprit revint aux photos que nous avions vues en cours de scènes de crime. De qui je me moquais en disant que prendre des photos d'un chevreuil mort serait un vrai test ? Non, mon vrai test était sur le point d'arriver.

Je grimpai dans LC et démarrai. J'enroulai mes bras autour de moi pendant que j'attendais que LC chauffe, un frisson s'infiltrant profondément dans mes os.

Leo et Rawlings filèrent vers le Junkie's. Je ne pouvais penser qu'à Mme Trina et à sa famille. Cette femme avait trois emplois. Papa avait dit que l'assurance vie de son mari avait dû être nulle et avait fait suivre le commentaire d'un sermon sur l'importance de prévoir sa retraite et son assurance.

Le Junkie's était de l'autre côté de la ville dans la future exploitation commerciale neuve de Wind River. Crenshaw, le propriétaire du Junkie's, savait que ce côté de la ville était destiné à se développer. Il avait entamé le futur essor en convertissant un vieux bâtiment au coin de sa casse en bar. Actuellement, la propriété était entourée d'arbres qui devaient être bientôt abattus et peuplaient le pied du mont Ste Helens.

Crenshaw se trouvait aussi être le conducteur de la dépanneuse pour la ville. C'était un ancien militaire et il était vigilant en ce qui concernait la sécurité. Certains diraient même paranoïaque.

Rawlings me fit signe par sa vitre, me montrant le côté de la route, et je supposai que cela signifiait que je devais me garer là. Je vérifiai la batterie et les réglages de mon appareil photo. Foirer ça n'était pas une option. J'emportai mon kit de scène de crime avec moi.

Une ambulance et un camion de pompiers étaient garés devant nous. Cinq personnes se tenaient devant la voiture de Mme Trina à discuter avec de grands gestes. Deux pompiers, deux urgentistes et un flic.

— Que se passe-t-il ? aboya Leo.

Un des pompiers nous regarda.

— Elle est coincée au niveau de l'avant-bras. Ça n'a pas l'air bon. Crenshaw est absent, et le gars qui le remplace se trouve à environ vingt minutes d'ici sur un autre dépannage. Nous essayons de décider comment déplacer la voiture.

— Becca a appelé le dispatch, annonça Smith, le flic qui avait donné l'alerte, et elle lui a dit que sa mère n'était pas rentrée. Je suis passé pour voir si elle était partie. Je l'ai trouvée enchaînée au poteau, les yeux bandés, avec un bâillon enfoncé dans la bouche.

Il pointa du doigt l'aile arrière de la voiture de Mme Trina.

— De ce que j'en déduis, il semble qu'il y a eu un cambriolage. C'est la pagaille à l'intérieur. Ils ont laissé Trina ici, et dans leur hâte de s'échapper, ils sont entrés en collision avec sa voiture, qui l'a percutée.

Je m'écroulai contre LC. J'avais les genoux flageolants de peur face à l'incertitude de la situation. Je n'avais jamais connu de violences ni de crimes aussi graves auparavant. Jusqu'à maintenant, ma vie avait été remarquablement sans histoire, et cela en disait long quand vous étiez la fille d'un journaliste et d'une avocate.

— Ses constantes chutent, dit l'urgentiste qui surveillait Mme Trina.

Leo, Rawlings, et l'autre urgentiste eurent une brève discussion.

Leo se tourna vers moi.

— Commence à tout photographier tout de suite. Nous allons mettre sa voiture au point mort et la faire reculer pour pouvoir la déplacer.

Ses mots étaient précipités. Les autres se hâtaient d'aller se mettre à la tâche qu'on leur avait assignée.

Je levai le viseur devant mes yeux. Mon travail en tant que photographe médico-légale consistait à photographier tout ce que je pouvais pendant qu'ils se préparaient à déplacer Mme Trina ainsi qu'à prendre des clichés de son déplacement. Cela à des fins judiciaires. Mes photos seraient des preuves, et leur valeur serait encore supérieure si l'impensable se produisait et que cela devenait un homicide. Je m'assurai de prendre des clichés de la scène telle qu'elle était avant qu'ils ne déplacent la voiture. Faire la mise au point de l'appareil était difficile avec des larmes dans les yeux. Une chose était certaine, nous serions sur une scène de crime différente si le parking de Crenshaw avait ressemblé à autre chose.

Quelques années auparavant, quand le Junkie's avait ouvert, il n'y avait que du gravier sur le parking et rien d'autre. Jusqu'à ce qu'un idiot ivre qui ne connaissait pas la différence entre la première et la marche arrière ne passe à deux doigts de percuter le bâtiment. Après ça, Crenshaw avait construit neuf petits murets, une pour chaque place, chacune avec une borne en ciment sortant du centre. Toutes étaient peintes d'une couleur vive. La théorie de Crenshaw était qu'un mur demandait plus d'idiotie pour passer au travers et qu'un ralentisseur n'était pas du tout dissuasif.

Les murets, de cinquante centimètres de haut et de soixante de large, étaient faits de parpaings, et Mme Trina était assise sur l'un d'eux. Elle avait les bras autour du poteau rouge et, à cause de la forme de l'avant de sa Golf, seul son bras avait été cloué à partir de la main jusqu'à trois centimètres sous le coude. Sa jambe avait échappé au même sort de quelques centimètres. S'il n'y avait pas eu de murets, seulement un poteau, la voiture l'aurait écrasée.

Bien que l'officier Smith ait retiré le bandeau et le bâillon de Mme Trina, elle était restée inconsciente. La voir enchaînée à un poteau me brisait le cœur et des frissons de peur me traversaient. La manière peu naturelle dont sa tête pendait en arrière, sa pâleur, me rappelaient les photos de cadavres que j'avais vues à l'école. Ce n'était pas la femme animée et au rire facile que j'avais connue toute ma vie. Comment cela était-il arrivé ?

Un pompier du nom de Bucky coupa la chaîne et Smith la mit dans un sac, comme preuve.

Après avoir compté jusqu'à trois, les hommes œuvrèrent simultanément pour déplacer la voiture et Mme Trina. Je capturai tout ça avec mon appareil photo. En quelques secondes, Mme Trina fut soulevée et installée sur une civière et les urgentistes se démenèrent alors qu'ils la chargeaient sur la plate-forme puis partaient à toute vitesse.

Je me tenais à côté de LC pendant que les flics discutaient de la suite. Leo me regarda deux fois et hocha la tête. Il sortit un sac-poubelle du coffre de la voiture de patrouille.

Je déglutis, imaginant toutes sortes de choses

qu'il pourrait mettre dans le sac, comme la basket blanche de Mme Trina qui reposait à un mètre du poteau.

Puis il s'approcha de moi.

— Je vais t'emmener d'un lieu à l'autre et t'indiquer quels clichés tu dois prendre, dit-il les bras croisés. Si à un moment, tu penses avoir la nausée, tu vomis dans ce sac. Compris ?

Il me tendit le sac.

— Si tu penses que je suis soûle et que tu dois utiliser ces photos dans une affaire criminelle, ça ne risque pas de te poser un problème ?

Mon objectif n'était pas de lui taper sur les nerfs, mais d'attraper la personne qui avait fait ça à Mme Trina. Que je sois un vice de forme, la raison pour laquelle un criminel ne serait pas poursuivi, serait inacceptable.

— J'ai l'éthylotest qui dit que tu ne l'es pas. Personne n'a à savoir que je pense qu'il est cassé.

Je pris le sac.

— Il ne reste rien dans mon estomac de toute façon.

Il m'attrapa par le coude.

— Sérieusement, Samantha. Nous ne pouvons pas gâcher cette scène de crime.

Son ton reflétait le sérieux de la situation. Quand bien même je n'avais pas besoin d'un avertissement.

Je lui arrachai mon bras.

— Par où commençons-nous ?

La fièvre était comme la marée. Elle brûlait quand la marée était haute et me laissait en sueur avec des frissons incontrôlables quand elle était basse. Actuellement, la marée était basse, alors j'appuyai plusieurs fois sur le bouton de l'obturateur par accident à cause de ces frissons. L'adrénaline ne m'aidait pas. Les symptômes de ma grippe étaient exacerbés par ma nervosité. Mes mains tremblaient, ma respiration était superficielle et mon estomac se retournait d'appréhension et de tristesse.

— Respire, dit Leo.

Son attention restait sur notre environnement alors qu'il l'examinait pour les prochains clichés à prendre. Il emballait les preuves après que je les avais photographiées.

— *Je respire*, dis-je avant de vérifier l'écran pour m'assurer que j'avais ce dont j'avais besoin dans le cadre.

— Non, tu halètes. Respire normalement. Lentement et régulièrement.

Il avait raison. J'étais une vraie boule de nerfs. Il n'y avait pas de marge d'erreur possible. Cette responsabilité était une lourde charge à porter.

— Viens ici, Samantha, me dit Rawlings. Je veux des photos depuis cet endroit. Ces morceaux pourraient venir de la voiture qui a percuté la sienne.

Rawlings se tenait à côté de la voiture de Mme Trina.

Smith sortit du bar.

— Hé, je vais avoir besoin de photos à l'intérieur aussi. Il se pourrait bien que les voleurs soient les mêmes que ceux qui s'en prennent aux supérettes et aux *diners* ouverts tard.

Les infos les appelaient « les Bandits de Comics » et racontaient que les voleurs portaient des masques de super-héros quand ils braquaient un commerce. On racontait aussi que les Bandits de Comics attachaient les gens et les employés et laissaient derrière eux des bagues gadgets de super-héros.

Leo me fit signe de suivre Smith à l'intérieur. Le bar avait été mis sens dessus dessous. Quoique, le thème de ce soir-là avait été les années 70, un des thèmes les plus populaires du bar, et la pagaille pouvait provenir uniquement de ça. Le buffet n'avait pas été nettoyé, et des assiettes avaient été renversées, éparpillant partout de la nourriture et de la céramique brisée. La boule à facettes pendait au-dessus du centre de la piste de danse et continuait à tourner, projetant ses diverses lumières colorées. Une perruque blonde afro se trouvait en équilibre précaire sur le bord de la banquette d'un box.

— Elle n'a pas eu le temps de nettoyer.

J'étais la reine pour énoncer l'évidence.

Smith examina le bar avec dégoût.

— La cuisine est dévastée aussi. La nourriture est sortie du frigo en plus du reste, décrivit-il en pointant le comptoir près de la caisse. Prends une photo de ça. Assure-toi de prendre le dessus.

Une bague rouge pour enfant reposait contre la caisse. L'autocollant figurait l'emblème de Batman.

Je passai les deux heures suivantes à l'intérieur à prendre des photos. À un moment, le chef de la police se joignit à la fête.

Quand je sortis à l'air frais du petit matin, le soleil apparaissait au-dessus du mont St Helens, et l'épuisement me percuta violemment. J'étais à court d'adrénaline, et la marée de la fièvre était montée, faisant rage, apportant des vagues de chaleur.

Je trébuchai vers un autre poteau du parking et m'y agrippai alors que je glissais contre le mur. Je m'appuyai contre le béton froid et me demandai comment allait Mme Trina.

Des chaussures apparurent dans mon champ de vision, je levai les yeux pour voir mon père.

— Qu'est-ce que tu fais ici ? demandai-je d'une voix rauque, ma gorge étant sèche.

— Je couvre cette histoire. Est-ce que tu tiens le coup, fillette ? demanda-t-il en posant la main sur mon front.

— Par chance, tu n'aurais pas des médocs contre la grippe dans ta poche ?

— Pour tout te dire, si.

Il chercha dans la poche de sa veste et me tendit une plaquette avec deux gélules. De son autre poche, il sortit une petite bouteille d'eau.

— J'ai entendu dire que tu avais été appelée pour prendre des photos.

J'avalai les médicaments et bus la moitié de la bouteille d'un trait.

Le chef Louney se joignit à nous.

— Tu le sais, Russ. Tu ne peux pas demander à Samantha de révéler quoi que ce soit qui pourrait affecter cette affaire, dit-il avant de reporter son attention sur moi. Ne parle pas à la presse.

Je levai le pouce vers lui pour lui montrer que j'avais compris ses instructions.

— Je ne pourrais pas même si je le voulais. Tout est flou. Je suis fatiguée et accablée.

Même si papa et moi savions que ce n'était pas vrai. Tout ce que j'avais à faire, c'était penser à un objet que j'avais vu sur n'importe quelle photo que j'avais prise et mon esprit s'en souviendrait comme si je regardais l'endroit en question en temps réel.

— Alors rentre chez toi, me dit le chef Louney. Tu as terminé ici.

Papa tendit la main et m'aida à me relever. Il pointa la direction de LC du doigt et me poussa gentiment.

Je ne me souviens pas du trajet de retour. Ni d'avoir monté les escaliers vers mon appartement au-dessus du journal de papa. Je m'écroulai sur mon lit, prête à me perdre dans un profond sommeil.

Mais, à cause de la fièvre ou non, le repos du sommeil restait insaisissable, l'endormissement me gagnant seulement par intermittence avec des visions de super-héros maléfiques.

CHAPITRE TROIS

À MIDI, J'ÉTAIS AU FOND DE MA BAIGNOIRE, le jet chaud et plein de vapeur coulant sur moi. Je fus forcée d'en sortir quand l'eau devint froide.

Mes lèvres étaient gercées au point de se craqueler. Ma fièvre était assez tombée pour que mes pensées soient cohérentes.

J'avalai une dose de médicaments contre la grippe et transférai les photos des deux scènes sur une clé USB. Puis je me rendis aussi présentable que possible étant donné que j'avais encore trente-huit de fièvre. Je rassemblai mes cheveux en queue-de-cheval et emportai un essuie-main dans mon sac à bandoulière pour essuyer la sueur quand les vagues de chaleur s'écraseraient inexorablement de nouveau sur moi.

Habillé d'un legging bleu marine et d'une longue tunique jaune, j'ajoutai un sweat à capuche gris foncé en espérant que cela cacherait les inévitables taches de sueur. Rester au lit aurait été malin, mais j'étais hantée par les images de la veille. Pour empirer les choses, mon imagination tournait à plein régime, créant toutes sortes de scénarios d'horreur sur ce que Mme Trina avait vécu en étant volée puis attachée à un poteau.

Me nourrir d'une manière ou d'une autre était indispensable avant de sortir, même si rien dans mon frigo clairsemé n'avait l'air attirant. Sous mon appartement se trouvait le journal de mon père. L'impression était faite ailleurs, alors par « journal », je voulais dire « bureaux ». Plus important encore, papa gardait un frigo approvisionné dans la salle de repos.

Il y avait deux escaliers menant à mon appartement. L'un, à l'avant, donnait sur la rue. On accédait à l'autre par une porte verrouillée à l'arrière. Cette porte s'ouvrait sur un escalier qui menait directement à la partie arrière du bureau du journal.

Le journal avait une large salle qu'on appelait « l'open space ». À l'époque, il était utilisé pour accueillir des box pour les journalistes, maintenant c'était un large espace avec une table de conférence et des chaises. Quatre salles séparées se trouvaient au bout à droite. L'une contenait des dossiers, des archives et des fournitures. Les deux salles du milieu étaient réservées au bureau de mon père et à la cuisine. La salle de repos était au bout.

Stella, l'administratrice du bureau de papa qui travaillait aussi à l'avant, était à son bureau près du vestibule. Cette femme athlétique avec un penchant pour les remèdes naturels à base de plantes avait, malheureusement, un passé jonché de maris décédés. À l'évidence, une tension élevée ou d'autres maladies sérieuses ne pouvaient pas toujours être maîtrisées par des huiles essentielles. Stella était au téléphone, ce qui me permit d'aller à la cuisine sans être remarquée.

Dans la cuisine, la cafetière était vide, un événement inhabituel pour un journaliste et sa compagnie. Le café moulu était dans le filtre et l'eau dans le réservoir, mais pas de café prêt. Comme par une blague cruelle, quelqu'un avait oublié d'appuyer sur le bouton. J'appuyai d'un coup sec.

Dans le frigo se trouvait une barquette de soupe au poulet avec des nouilles qui portait mon nom. Littéralement. Quelqu'un avait griffonné « Sam » au marqueur permanent sur le récipient. J'ouvris le couvercle et plaçai le récipient dans le micro-ondes.

Pendant que j'attendais, je m'assis à la petite table ronde et feuilletai le dernier journal, l'édition de jeudi. Le journal de papa, *The Wind River Journal*, sortait les jeudis et les lundis. Les infos pouvaient être lues en ligne tous les jours pour ceux qui préféraient.

Quand le micro-ondes bipa, je sortis la soupe, la posant sur la table.

L'arôme aux noisettes du café emplit l'air et signala qu'il était prêt. Je me versais une tasse, tenant le mug d'une main, quand l'apparition soudaine de papa me surprit, et je renversai du café brûlant partout sur ma main. J'essayai de ne pas laisser tomber la cafetière sur le plan de travail dans ma hâte d'approcher de l'évier.

— Je savais bien que je t'avais sentie.

Son sourire était suffisant.

Je me précipitai vers l'évier et passai ma main sous l'eau froide.

— Zut. Qu'est-ce que ça veut dire ?

Je reniflai mes aisselles, mais c'était une cause perdue étant donné que j'étais congestionnée.

— Enfin, j'ai laissé exprès la cafetière éteinte pour savoir quand tu te pointerais.

Cela expliquait le sourire.

— Dure nuit, hein ? me dit-il.

Je grognai.

— La pire. Je vais à l'hôpital voir Mme Trina.

Le moins que je pouvais faire pour une femme qui avait toujours fait preuve de gentillesse envers moi était de voir si sa famille avait besoin de quoi que ce soit. Et aussi, de travailler dur pour aider la police à mettre les gens qui avaient fait ça derrière les barreaux. Mon penchant pour la justice, pour redresser les torts, était ancré dans ma personnalité. Peut-être que cela venait du fait que ma mère était avocate et mon père reporter. Ou peut-être de ce que, lorsque j'étais enfant, j'étais différente et que les gens me renvoyaient à un stéréotype de manière incorrecte. Quoi qu'il en soit, j'irais jusqu'au bout.

Papa se versa un mug, remplit le mien à ras bord, remit la cafetière à sa place, puis posa les deux mugs sur la table et s'assit.

— Pauvre Trina. Sa malchance ne s'arrête pas. J'ai entendu dire qu'elle était aux soins intensifs.

Le picotement de la brûlure avait diminué. Je fermai le robinet et cherchai une pommade dans un tiroir de la cuisine. Stella était obsédée par l'idée d'avoir des remèdes naturels sous la main. Et en effet, un tube fabriqué spécialement pour les brûlures se trouvait entre les pansements et les huiles.

— Je n'ai pas réussi à dormir. Je n'arrêtais pas de voir toutes ces images de la scène. Je pense qu'il faut que je fasse quelque chose, dis-je en agitant la main au-dessus de ma tête, pour me vider l'esprit. Tu vois ce que je veux dire ?

Voir des choses effrayantes à la télé était une chose. Voir des choses effrayantes dans la vraie vie, qui affectaient les gens que vous connaissiez et appréciiez, était complètement différent. Dire que j'étais secouée était un euphémisme.

— On s'y habitue avec le temps. Bien sûr, certaines choses ne te quittent jamais, mais c'est comme ça quand on travaille dans ce domaine.

Son sourire était compatissant.

Est-ce que je voulais travailler dans ce domaine ?

— Lyle dit que la franchise de Trina est incroyablement chère, continua papa. Certains d'entre nous se cotisent pour l'aider.

Lyle Wagonknect était l'un des assureurs automobiles et immobiliers de la ville. Bart Holland, le mari de Trina, était l'autre avant qu'il ne meure.

De la poche de poitrine de sa chemise, papa sortit un morceau de papier et me le tendit.

— Est-ce que tu te sens en état d'apporter ça à la carrosserie de Bob ? Dis-lui que c'est pour Trina. Chaque centime compte pour elle.

C'était un chèque de trois cents dollars.

— J'espère qu'ils attraperont les gars qui ont fait ça.

Je posai le chèque au-dessus de mon sac à bandoulière, puis m'assis en face de papa.

— Même s'ils trouvent ces gars, elle ne récupérera pas les dépenses que ça va lui occasionner. Ces gars, ces Bandits de Comics, descendent de plus en plus vers le sud de l'État et ils n'ont toujours pas été attrapés ni même filmés. Je doute qu'ils soient du genre à être assurés ou à payer si elle les poursuivait en justice. Et en présumant que ce sont les responsables.

— Pauvre Mme Trina. Je suppose que le bon côté des choses, c'est que, qui que soient ces Bandits de Comics, ils ne sont pas violents.

Aux dernières nouvelles, personne n'avait été blessé dans leurs cambriolages, seulement attachés, le cas de Trina étant le plus sérieux. Si elle avait été cambriolée par un autre groupe de criminels, la situation aurait pu être bien pire.

— Un autre côté positif ? Elle ne travaillait pas au Killer Whale quand il y a eu droit il y a trois nuits de ça, dit papa.

Le Killer Whale était un *diner* populaire à l'extérieur de la ville.

Je lâchai ma cuillère.

— Graycloud a été cambriolé aussi ?

Pourquoi ne l'avais-je pas su ?

Walter Graycloud était un Amérindien dur à cuire qui possédait un terrain pittoresque à côté de l'autoroute inter-État et c'était un gros bonnet dans la tribu Cowlitz, qui se trouvait aussi faire les meilleurs roulés à la cannelle maison qui aient jamais existé. Il possédait non seulement le *diner*, mais aussi un motel composé de plusieurs petits chalets qui surplombaient la Windy River. Il avait même une salle de jeux attenante au *diner* pour les parieurs de passage.

— Oui, répondit papa. Apparemment, Trina était censée travailler ce soir-là, mais elle a échangé avec l'autre fille... je ne me souviens pas de son nom. Si elle n'avait pas changé de jours, elle aurait été victime de ça deux fois.

Papa avait toujours les infos internes. Cela aidait qu'il joue au poker avec la moitié de la ville. Cela rendait son travail de reporter plus facile.

— La fille qui travaille au Killer Whale, c'est Jaime, dis-je.

Elle était sortie avec Hue, mon autre meilleur ami au lycée. Je lui avais parlé quelques jours auparavant quand j'étais passée et que j'avais acheté deux roulés à la cannelle.

— Attends, tu as dit il y a trois nuits ?

Papa hocha la tête.

Trois jours avant, c'était le soir où j'avais acheté les roulés. J'aurais pu être au *diner* quand il avait été cambriolé, et si je n'avais pas attrapé la grippe, j'aurais été au Junkie la veille aussi. Un frisson de peur me parcourut l'échine. C'était passé très près.

— Pourquoi ce n'était pas aux infos ? demandai-je.

Papa haussa les épaules.

— Je l'ai omis dans le journal à la demande de Graycloud et du chef Louney. Tous deux voulaient que ça reste sous le radar. Graycloud voulait écarter la possibilité que les voleurs soient de la tribu.

— Oh, alors ce n'était pas les gars des comics qui ont volé Graycloud ? J'avais simplement présumé.

Papa leva son index et sourit d'un air narquois. C'était sa manière d'annoncer qu'une révélation allait survenir.

— Oui, la scène de crime donnait bien l'impression que les Bandits de Comics étaient les voleurs, mais le chef Louney pense que le vol était une mise en scène.

Je pressai la paume contre ma tempe pour tenter d'assimiler tout ça.

— Est-ce que tu me dis que ceux qui ont fait ça à Mme Trina auraient pu être des imitateurs, et pas ces Bandits de Comics dans leur vague de crimes ?

Papa hocha la tête.

J'étais stupéfaite. J'avais cru que c'était les Bandits de Comics comme la scène de crime l'avait suggéré. Je devrais m'en souvenir si je voulais utiliser ma licence de privé. Quelle était l'expression... croire et savoir sont deux choses différentes, surtout pour ne pas avoir l'air idiot ?

— Est-ce que c'est malin de garder ça secret ? Les autres commerces ne devraient pas être prévenus ?

— Les autres commerces ont été prévenus. Quelque chose d'intéressant sur les photos ?

C'était papa le reporter qui avait posé cette dernière question. Je connaissais la différence parce que papa le reporter était aussi papa le joueur de poker et le roi de sa ligue de foot virtuelle. Papa le joueur de poker m'avait appris tout ce qu'il savait. Et papa le joueur de poker avait un tic. Ses narines se dilataient légèrement quand il avait quelque chose dans la manche. Comme elles venaient de le faire.

Je secouai la tête.

— J'espère qu'elles seront assez bien dans les deux affaires. Je vais déposer une clé USB avant d'aller à l'hôpital.

Je soufflai sur la soupe lorsque mon estomac gronda.

— Qu'est-ce que tu cherches ? ajoutai-je. Pourquoi m'interroges-tu sur les photos ?

Papa écarta ma question d'un geste de la main. Il se pencha en avant et baissa la voix.

— J'ai entendu Chuck, qui l'a entendu de Lyle, dire que la voiture de Junior a été volée tôt ce matin.

Chuck possédait le marché voisin et lui, Lyle, et quelques autres jouaient au poker avec mon père chaque semaine. Ils étaient pires que des concierges quand il s'agissait de commérages.

J'en restai bouche bée.

— Quoi ? Comment c'est arrivé ? Elle n'a pas été remorquée à la concession de son père ? Junior gère le service d'entretien et de pièces détachées, pourquoi n'a-t-il pas mis la voiture à l'intérieur ?

Papa haussa les épaules, indiquant qu'il était aussi perplexe que moi.

— Ce n'est pas aussi rare que tu pourrais croire. J'ai couvert des sujets de réseaux de vol de voitures. Quand tu porteras le chèque à Bob, demande-lui s'il sait quoi que ce soit là-dessus et fais-moi savoir ce qu'il dira.

Je plissai les yeux, méfiante.

— Pourquoi est-ce à moi de lui demander ça ? Si c'est pour un article, tu ne devrais pas lui demander toi-même ?

L'expression de papa ne trahit rien. Il feignait l'innocence.

Je n'y croyais pas.

— Allez, crache le morceau.

— Bob a perdu de l'argent contre moi la semaine dernière au poker, et il est encore remonté. S'il te donne une info utile, je donnerai suite.

— Si je dois creuser pour toi, alors je m'attends à être payée.

Nous avions déjà joué ce numéro. La vérité était que j'avais des questions à poser à Bob, que je sois payée ou non. Mais papa ne le savait pas.

Papa regarda la barquette de soupe.

— Je retirerai vingt-cinq dollars de ton loyer, et nous ajouterons la soupe comme avantage.

— D'accord, dis-je.

Je me serais contentée de la soupe.

Papa leva un doigt.

— Ah, mais je veux aussi voir les photos.

Je grimaçai.

— Ai-je le droit de faire ça ? Parce que je ne pense pas.

— Et si je regardais par hasard par-dessus ton épaule ? Ou peut-être dans ton appareil photo que tu aurais laissé traîner.

Je roulai des yeux et poussai un soupir désapprobateur.

— Tu es dans le milieu du reportage depuis un moment, n'est-ce pas, papa ? le taquinai-je. Parce que ça me paraît amateur.

Papa soupira lourdement et se carra sur sa chaise.

— J'aimerais beaucoup que tu puisses me confirmer si le braquage au Junkie's était une imitation, Sam.

— Comment le pourrais-je ? Il faudrait que je sache ce qui fait de l'un l'original et de l'autre le faux. Pourquoi ne pas demander à Crenshaw ou au chef Louney ?

Je bus le bouillon dans le récipient.

— Crenshaw ne sait rien et Louney garde le silence. Il y a plus dans cette histoire.

— Tu supposes. Tu spécules.

Papa haussa un sourcil.

— Vraiment ? Ces voleurs emmènent Trina dehors et l'attachent à un poteau. Ce qui prend du temps. Puis ils démarrent si vite qu'ils heurtent sa voiture assez fort pour la percuter ? dit-il en secouant la tête. Ces éléments ne tiennent pas debout, selon moi. Dans tous les autres cambriolages, les gens sont attachés à l'intérieur. Jaime était attachée dans le *diner*. Pas à l'extérieur.

— Si c'était les Bandits de Comics, peut-être qu'ils varient ? Peut-être qu'ils ont été effrayés ? Peut-être qu'ils étaient pressés ? Peut-être qu'ils ont eu peur que quelqu'un arrive ?

J'avais envisagé mille scénarios différents dans mon besoin de comprendre cet acte absurde.

Papa secoua la tête d'un air sceptique.

— Et si c'était l'imitateur ?

— Alors il l'a attachée dehors parce qu'il est stupide et qu'il y met sa touche personnelle ? Il veut être reconnu pour ce qu'il a fait. Après tout, son cambriolage du *diner* de Graycloud n'était pas dans le journal. Il a été ignoré.

J'avais appris ça dans des documentaires criminels et peut-être un peu dans mon cours.

Papa hocha la tête.

— Oui, c'est pour ça que je pense que c'est un imitateur. Parce que ces Bandits de Comics sont malins. Ils restent calmes et gardent leur sang-froid. Ils n'ont pas été filmés par les caméras des magasins. Ils n'ont laissé aucune preuve en dehors de ce qu'ils voulaient que la police trouve. Quand tu étais dans le Junkie's, as-tu vu les bagues gadgets en plastique qu'ils laissent derrière eux comme signe caractéristique ?

— Hum.

Le chef Louney avait dit catégoriquement de ne pas parler à la presse. Même si les bagues gadgets étaient un fait rendu public.

Papa leva une main.

— Encore mieux, est-ce que tu as remarqué s'ils avaient laissé une page de comics ?

Des instantanés de la scène défilèrent dans mon esprit.

— Non.

Je plaquai les mains sur ma bouche avec horreur lorsque je me rendis compte que je venais de donner des informations que je n'étais pas censée divulguer.

Papa se carra de nouveau sur sa chaise et croisa les bras, un sourire narquois sur le visage.

— Je ne devrais pas te le dire, mais le chef Louney a gaffé et m'a parlé des pages de comics il y a quelques semaines. Les flics ont délibérément caché ça aux médias. Dans le cambriolage de

Graycloud, il n'y avait pas de page de comics non plus.

Mon cœur se serra de crainte. Nous avions un imitateur.

— Est-ce que tu penses que ça signifie que la personne qui fait ça est d'ici ? Quelqu'un que nous connaissons ?

Le sourire de papa s'était agrandi, devenant carnassier.

— Un peu, oui. Les bizarreries sur la scène de crime sont des indices aussi.

J'étais effarée.

— Pourquoi est-ce que ça te réjouit tant ?

— Je ne me réjouis pas que ces choses se produisent. Je me réjouis que cet idiot ou ces idiots ne soient pas très malins, ils vont probablement se faire prendre. Je serai le premier sur cette histoire. Ça fait de la presse de qualité.

Comme il était journaliste, papa couvrait des histoires qui auraient hanté toute personne normale, mais il avait développé une carapace solide. C'était comme ça que j'excusais son enthousiasme. Comme un amateur de sensations fortes qui désirait ardemment flirter avec le danger, papa avait besoin d'histoires plus horrifiantes les unes que les autres.

— Beurk, c'est affreux. Des gens ont été blessés.

— Samantha, chérie, des choses horribles se produisent. Ça arrive tout le temps. Ça arrive dans la ville où tu vis et c'est commis par des gens que tu connais. Le mettre en lumière est le seul moyen de faire en sorte que les cafards retournent d'où ils viennent.

Nous restâmes assis en silence, moi avalant bruyamment ma soupe et papa buvant son café. Bloquées sur les commentaires de papa, mes pensées prirent un tour plus sombre. Qui parmi nous aurait fait ça, et est-ce que je voulais vraiment le savoir ?

CHAPITRE QUATRE

Je quittai papa et roulai jusqu'au Junkie's. Un ruban de scène de crime délimitait le parking et la porte du bar. J'arrêtai LC derrière une voiture de patrouille garée sur le côté de la route.

Je passai mon sac à bandoulière sur mon épaule après avoir tâté la poche avant pour confirmer que la clé USB s'y trouvait.

Avec un peu de chance, voir la scène de crime en plein jour ferait disparaître les horribles images de la nuit précédente. Le facteur effrayant d'un grand nombre d'entre elles avait été exagéré par mon imagination.

Je ne savais pas comment les flics restaient impartiaux chaque jour. Je supposai que c'était le cas seulement pour les bons.

Devant le bar, se tenant sur le parking, se trouvaient Crenshaw, le propriétaire, et Leo. Son uniforme était propre et net, comme s'il n'avait pas été debout seulement quelques heures avant de délimiter la scène de crime.

Leo se tourna vers moi, les mains sur les hanches.

— Qu'est-ce que tu fais ici ?

— Je suis venue voir si on avait besoin d'autres photos, répondis-je en sortant la clé USB pour la lui tendre. Est-ce que tu veux celles-ci ou est-ce que je dois les apporter au poste ?

— Nous avons assez de photos, dit-il en prenant le petit carré argenté. Je peux emmener ça. Laisse-moi te faire signer quelque chose comme preuve de dépôt.

Il s'éloigna en direction de sa voiture de patrouille.

Je me concentrai sur Crenshaw et fus surprise par son apparence.

Crenshaw était un homme grand, de plus d'un mètre quatre-vingt-trois. Il était chauve et solide avec un ventre qui le précédait de plusieurs centimètres. Un mur de pierre. Il portait habituellement une chemise en flanelle usée et arborait normalement une barbe de bûcheron, seulement sa barbe avait disparu et sa chemise, bien que toujours en flanelle, avait l'air neuve.

— Vous êtes élégant, Crenshaw.

Oserais-je demander quelle était la motivation pour son nouveau look ?

Il remua d'un air gêné.

Je changeai rapidement de sujet.

— Je suis désolée. Sacrée pagaille à trouver en rentrant. Avez-vous eu des nouvelles de Mme Trina ?

— Seulement qu'elle est stable. Elle ne s'est pas encore réveillée.

Il pinça les lèvres en une ligne mince.

— Je n'arrive pas à croire à ce qui est arrivé. Pauvre Mme Trina.

— Et qui sait pendant combien de temps elle est restée dehors toute seule, dit Crenshaw, ses larges épaules tremblantes alors qu'il retenait ses larmes. Si je ne savais pas que ce sont ces crétins de super-héros qui sont derrière tout ça, j'aurais parié sur Kevin Greevey.

Il avait toute mon attention.

— C'est intéressant que vous pensiez que Kevin ferait ça. Comment ça se fait ?

Le passé de toxicomane de Kevin était souvent la cible de ragots, habituellement provoqués par un commentaire spontané du père de Kevin. Si Kevin et Mme Trina avaient un problème, j'imaginais que c'était que Mme Trina avait refusé de le servir.

— Je ne sais pas. Ils parlaient à voix basse. Puis Trina a pointé la porte du doigt et lui a dit de sortir. J'ai cru qu'il allait la frapper. Il était furieux. J'ai dû partir. Il fallait que je sois à Seattle. J'ai raccompagné Kevin à la porte, je l'ai regardé partir en voiture et j'ai pris la route peu de temps après.

Je tentai d'établir la chronologie.

— Waouh, c'est de bonne heure pour se mettre à boire.

Mes comptes situaient l'arrivée de Kevin à l'ouverture, 17 heures.

Crenshaw hocha la tête et désigna d'un geste la porte d'entrée.

— Il était devant quand j'ai ouvert le bar.

Leo s'approcha et pointa un doigt vers moi.

— Arrêtez de lui parler. C'est une enquête en cours et...

J'agitai la main d'un air dédaigneux vers Leo.

— Oh, tais-toi. Il ne me dit rien de plus que ce que nous raconterions si nous nous rencontrions au marché de Chuck en ville. Tu ne vois pas qu'il est bouleversé ?

Crenshaw inclina la tête.

— C'est ma faute. Becca a appelé, m'a dit que sa mère n'était pas encore rentrée et ne répondait pas au téléphone. J'étais... distrait. Je n'ai pas appelé immédiatement le bar.

Il regarda derrière mon épaule et se racla la gorge. Une teinte rose remontait lentement sur son cou, son cou rasé de près. Clairement, la raison de son changement d'apparence était une femme.

— Si j'étais à un rencard avec quelqu'un qui me plaisait, je serais distraite aussi. Et qui se serait attendu à ce que ceci se produise ? demandai-je en dirigeant les mains vers le ruban de scène de crime.

— Est-ce qu'il t'arrive d'avoir des rencards, déjà ? marmonna Leo.

— Je sors avec des gars qui ne sont pas des abrutis, dis-je. Comme tu peux l'imaginer, ils sont difficiles à trouver. Comme l'insaisissable Bigfoot.

— Même quand j'ai appelé la police pour lui demander de passer, continua Crenshaw, j'ai minimisé mon inquiétude. Je ne pourrai jamais me le pardonner si elle ne s'en sort pas.

Je lui tapotai le bras. Après tout, j'étais contagieuse.

— Vous avez fait tout ce que vous pouviez. Arrêtez de vous en vouloir.

Il hocha la tête et se racla la gorge.

— En parlant de Bigfoot, tu veux voir la vidéo, Leo ? Il y a du grain, mais je n'arrive pas à trouver une autre explication raisonnable à part Bigfoot.

— Bigfoot ?

Il fallait que je sache.

Crenshaw hocha la tête.

— Une de mes caméras a filmé une jambe poilue qui sortait du bar peu de temps après la fermeture.

Mon cœur battait follement d'excitation.

— Sérieusement, c'est cool. Mais tu ne peux le dire à personne, parce qu'alors tu auras du monde qui campera ici pour essayer d'apercevoir Bigfoot.

Le nord-ouest du Pacifique hébergeait pas moins de quatre groupes de recherche de Bigfoot. L'un était situé près de St Helens, qui était la toile de fond du Junkie's.

— Ce qui est exactement la raison pour laquelle je vous ai demandé de ne rien dire, Crenshaw. Son père possède le journal local.

Leo soupira, vaincu.

Je fis comme si je zippai mes lèvres.

— Je ne dirai absolument rien à mon père. À moins bien sûr que ça se sache, et il en entendra parler quand même.

Leo grogna.

— Tu as terminé, Samantha ? demanda-t-il. Parce que moi non.

Je compris l'allusion. Il ne voulait pas parler à Crenshaw en ma présence.

— Je vais à l'hôpital. Je vous préviendrai s'il y a du changement, dis-je à Crenshaw.

Je retournai tranquillement à LC, examinant mon environnement à la recherche de tout ce que j'aurais pu rater dans le noir.

Leo me rattrapa.

— J'espère que tu réfléchiras sérieusement à cette expérience. Je ne suis pas sûr que tu aies ce qu'il faut pour prendre des photos de scènes de crime. Rawlings et moi avons envoyé nos évaluations de performance à ton professeur aujourd'hui.

Je m'arrêtai près du capot de LC et posai la main dessus, m'appuyant parce que j'étais légèrement essoufflée. La grippe devenait une bronchite.

J'éventai les gouttes de sueur sur mon front.

— Laisse-moi deviner. Tu as été tout sauf flatteur dans ton évaluation de mes compétences. Même si je me suis occupée de deux scènes, et qu'aucune n'avait rien d'aussi simple que de prendre des photos d'une voiture accidentée. Oh, et tu m'as évaluée avant de voir les photos.

Un sale coup, à mon avis.

— J'ai dit que tu étais qualifiée. Mais j'ai aussi dit que je ne pensais pas que tu étais faite pour ça. Tu es trop impliquée personnellement.

— Cette scène de crime est personnelle. J'ai grandi avec Mme Trina.

Qui était-il pour me dire que ressentir ?

Leo croisa les bras et me regarda de haut.

— Chaque scène est personnelle. Et si Junior avait été tué par ce chevreuil ?

Une chose que je n'avais pas envisagée.

— Ou peut-être que tu seras appelée pour prendre la photo d'une scène de quelqu'un que tu ne connais pas. Mais cette scène sera personnelle pour les gens qui seront touchés. Peut-être qu'ils auront perdu un être cher. Tu ne peux pas faire disparaître ce qui se passe, Samantha. Cela te laissera désabusée. Cela te changera.

Telle était exactement mon inquiétude. Mais c'était ma vie. Il n'avait pas son mot à dire. Je l'étudiai.

— Tu sembles bien te débrouiller. Ou est-ce ta crétinerie naturelle qui t'aide à gérer la lassitude ?

Si je n'avais pas pris les médicaments contre la grippe avec les effets secondaires possibles d'hallucinations, j'aurais juré que les lèvres de Leo avaient tiqué en ce qui était l'ombre d'un sourire.

Il baissa brièvement la tête, puis me regarda.

— Mon peuple a eu des difficultés pendant des décennies. Mes frères et moi avons passé des années à travailler avec notre mère dans la réserve. J'ai vu de près l'addiction et les maladies mentales. J'ai appris très tôt que la vie en rose était une illusion. Je sais que tu crois que ma vie n'a été que football, *touch-downs*, pom-pom girls et slips qui grattent. Mais la vie ne fait pas cadeau, et j'en suis conscient depuis que je suis enfant.

Il avait raison. Je pensais que sa vie était rose. Tout lui venait facilement. Et même si j'étais proche de son jeune frère, je n'avais aucune idée de ce qui se passait dans la réserve. Ne voulant pas qu'il voie qu'il m'avait secouée, je choisis la légèreté.

— Si tu avais lavé ton slip plus souvent, peut-être qu'il aurait moins gratté. Ce qui est dégoûtant, au fait.

Son expression confuse m'aurait fait rire si la raison de notre échange n'avait pas été sérieuse. Il ne pouvait pas me comprendre, et ça me convenait. Il venait de me dire quelque chose de personnel et de sérieux, et j'avais choisi une blague facile. Prendre des photos de scènes de crime n'était pas un sujet de plaisanterie. Et ouais, je me demandais si j'étais prête pour ça. Mais le seul moyen de le savoir était d'aller jusqu'au bout.

Je frappai deux fois sur le capot de LC pour signaler un changement de sujet.

— En parlant de scènes de crime...

— Tu ne dois parler à personne de ces scènes de crime. Pas même à Precious. Je sais que ce sera dur pour toi, mais essaie.

Son expression était sévère.

Je hoquetai. Precious était ma meilleure amie. Je lui disais tout.

— Comment oses-tu insinuer que je ne sais pas garder un secret ?

Il roula des yeux.

— Qu'est-ce que tu disais au sujet des scènes de crime ?

Mince. Comment étais-je censée lui parler du cambriolage de Graycloud sans prouver que j'étais nulle pour garder un secret ?

Je pinçai les lèvres alors que je réfléchissais à

mes actes. Incapable de respirer par le nez à cause de ma congestion, je soufflai sous la frustration.

— J'ai quelque chose à te dire. À toi, Leo, pas toi le flic.

— Pourquoi à moi Leo ? Quelle est la différence ?

Je soufflai puis marmonnai :

— Parce que ce que j'ai à te dire n'est pas connu de tous.

— C'est un secret ?

Faire disparaître le sourire suffisant sur son visage d'une gifle aurait été génial. Mais frapper un officier en uniforme, c'était demander à être arrêtée pour agression.

— Je ne divulgue ce que je sais que parce que je pense que ça a quelque chose à voir avec ça.

Je relevai le pouce derrière moi en direction du bar.

Leo devint sérieux.

— Je t'écoute.

— Quand tu ne seras plus en service, mets des vêtements normaux et va chez Graycloud. Demande-lui ce qui s'est passé il y a quelques nuits.

Il avait l'air sceptique.

— C'est ça que tu me donnes ?

— Je présume que tu peux ajouter deux plus deux et trouver ce que je veux dire.

J'affichai l'expression aux grands yeux qui disait « ne sois pas stupide ».

Il pencha brusquement la tête vers le Junkie's.

— Graycloud aurait signalé quelque chose comme ça.

— Vraiment ? dis-je d'un ton sarcastique. On dirait pourtant que non.

Je frappai de nouveau sur le capot de LC.

— Je me casse. Si tu as besoin que je prenne d'autres photos, fais-moi signe.

Je traînai les pieds du côté conducteur.

— Tu devrais être chez toi dans ton lit, dit-il.

Je me récriai, faussement surprise.

— Quoi ? Est-ce que tu dis que tu ne penses pas que j'avais la gueule de bois ?

Je grimpai et claquai la portière.

Il croisa les bras.

— Le lit fonctionne pour la gueule de bois aussi, répondit-il en hochant la tête vers LC. Elle a besoin d'huile.

Je mis le moteur en marche, et LC démarra avec un crachotement.

— Ce n'est pas nouveau.

CHAPITRE CINQ

J'ENTRAI DANS VANCOUVER (PAS DE LA Colombie britannique au Canada, mais dans l'État de Washington) en direction de l'hôpital où ils avaient emmené Mme Trina. Aider sa famille de la manière dont je le pouvais était une haute priorité.

Là-bas je retrouvai Precious. Son vrai prénom était Erika. Nous nous étions liées durant le CM1 quand, avec Hue, nous nous étions rendu compte que nous étions les seuls enfants à sortir de classe pour enchaîner par du soutien scolaire. Precious voyait un orthophoniste pour un méchant bégaiement qui ne se montrait désormais que lorsqu'elle était fatiguée et trop stressée. Son surnom lui était échu quand un lourdaud de notre classe lui avait demandé ce qu'il y avait de si spécial chez elle pour qu'elle soit dispensée de lire devant la classe, et elle avait répondu en disant : « Parce que je suis p-p-précieuse. » Le surnom était resté. Oui, au début il était utilisé pour la taquiner, mais la vérité était finalement apparue. Elle incarnait son surnom. Cette fille traitait chacun comme s'il était un cadeau à offrir au monde et, en échange, elle était traitée de la même manière.

Precious se tenait devant les doubles portes coulissantes de l'hôpital. Habillée d'une jupe noire, d'un simple chemisier blanc et de chaussures plates noires. Ses cheveux blond clair étaient retenus en chignon. Habituée à des couleurs plus vives, elle avait l'air d'être venue pour distribuer des bibles, ou pour des raisons plus déprimantes. Comme si elle était l'Ange de la Mort. Precious faisait plus d'un mètre quatre-vingts et avait des yeux bleus étincelants et une peau d'albâtre.

— Tu as une sale tête, dit-elle quand elle me repéra alors que j'approchais en traînant les pieds.

— Je me sens mieux qu'hier. Pourquoi est-ce que tu portes ta jupe d'enterrement ?

Precious aimait porter certaines tenues pour des événements spécifiques. Elle disait que s'habiller correctement pour une occasion donnait aux gens de l'assurance et de la force intérieure. Je supposais qu'elle se sentait aussi secouée que moi par la tournure des événements.

— Tu as dit que c'était sérieux, me signala-t-elle d'une voix basse.

— Elle n'est pas morte, répondis-je en baissant la mienne. Ni en danger de mort.

En tout cas, pas que je sache.

— Devine ce que j'ai entendu dire ? continuai-je.

Impatiente, Precious haussa les sourcils.

— Crenshaw a dit qu'il avait filmé une jambe

poilue qui entrait dans le bar juste avant sa fermeture, l'informai-je toujours à voix basse.

Bigfoot était la passion secrète de Precious. C'était son ami imaginaire à l'école primaire. Imaginez sa joie, en grandissant, d'apprendre qu'il pourrait peut-être vraiment exister.

Elle écarquilla les yeux.

— Crois-tu... Serait-ce possible ?

Je secouai la tête.

— Enfin, pourquoi est-ce que Bigfoot cambriolerait le bar et enchaînerait Mme Trina ? Que va-t-il faire de l'argent ? demandai-je en faisant semblant de réfléchir à sa question. Même s'il y avait de la nourriture partout, comme si quelqu'un s'en était donné à cœur joie.

— Ce quelqu'un était une bête géante et poilue ressemblant à un homme ?

Je me mis à rire.

— Ou à un ours ou à un des vandales fous qui avaient pris quelque chose.

Elle fronça les sourcils.

— Tu es une rabat-joie.

— J'aime bien rester dans la réalité.

Je lui lançai un clin d'œil.

Elle croisa les mains, signalant qu'elle avait pris une décision. C'était son tic, et je savais d'expérience que seul un miracle pourrait la convaincre de ne pas explorer davantage cette possibilité.

— Nous devons découvrir si c'était un Bigfoot. Laisser tomber parce que tu penses que c'est improbable ne me suffit pas.

— Je vais te laisser trouver comment nous allons nous y prendre alors, dis-je en faisant un geste pour que nous entrions dans l'hôpital.

Precious regarda derrière moi et hocha la tête dans cette direction.

— Tu n'as pas dit que Junior avait eu un accident aussi ?

Je hochai la tête.

— Il a heurté un chevreuil.

— Je me demande s'il a été admis. Parce que Kevin Greevey rôde près des portes des urgences.

Je me tournai sur ma gauche. L'hôpital était en forme de L. Les portes donnant sur le pavillon principal se trouvaient pile au centre de la longue barre du L, les urgences à l'extrémité de la partie courte. Kevin Greevey se tenait à côté d'une ambulance, à regarder les portes des urgences. Il avait les mains enfoncées dans les poches et sa jambe droite rebondissait sur un rythme emballé que lui seul pouvait entendre.

— Pourquoi est-ce qu'il reste là ? demanda Precious. Peut-être qu'il va essayer de voler des médicaments ?

Je roulai des yeux. Kevin ne semblait pas être aussi stupide, mais d'un autre côté l'addiction faisait faire des choses stupides à des gens intelligents.

— Peut-être qu'il attend quelqu'un ?

C'était une supposition de ma part.

— Et si on entrait ? demanda Precious en pointant la porte.

Nous allâmes toutes les deux vers la porte, mais nous nous arrêtâmes avant d'entrer.

Je lançai un autre coup d'œil par-dessus mon épaule.

— Il a l'air nerveux.

— La drogue fait ça aux gens, commenta Precious.

Kevin changea d'appui et lança un coup d'œil à sa montre. Assurément, il attendait que quelqu'un arrive ou que quelque chose se produise. Appelez ça de la curiosité ou carrément être fouineuse, mais je voulais savoir qui ou quoi.

La réponse arriva une seconde plus tard quand Becca Holland sortit par les portes des urgences. Elle examina la zone, puis s'approcha de Kevin quand elle le repéra. Il bondit et se précipita vers elle, la prenant dans ses bras. Becca s'écroula contre lui, l'étreignant étroitement par de la taille.

— Dis donc, fit Precious. Quand ont-ils commencé à sortir ensemble ?

— Hum, aux dernières nouvelles elle était trop occupée pour avoir des rencards.

Mme Trina me l'avait récemment dit, une nuit au bar.

— Elle se concentre sur l'université et tout ça, terminai-je.

Je poussai Precious vers la porte.

— Allons à l'intérieur pour voir comment va Mme Trina. Nous découvrirons ce qui se passe entre eux après.

Pendant le trajet en ascenseur, j'informai Precious de ce que Crenshaw avait dit.

Mme Trina était aux soins intensifs. L'infirmière qui gardait la porte était catégorique, nous ne nous approcherions pas d'un pas de plus, seule la famille était admise.

— Sauf que sa famille est dehors à étreindre

l'homme qui l'a peut-être envoyée ici, marmonna Precious alors que nous prenions place sur un banc le long du mur.

Nous décidâmes d'attendre que Becca revienne. Quinze minutes plus tard, elle apparut.

Becca était une version miniature de sa mère, sans le balayage. Ils étaient châtains, leur couleur naturelle, tandis que Mme Trina leur ajoutait des mèches blondes. Les deux femmes avaient les cheveux qui leur tombaient jusqu'au milieu du dos. Elles étaient d'une beauté du style campagnard. Mme Trina vieillissait bien et ce serait aussi le cas de Becca. Moi, au contraire, je ressemblais à mon père et je m'inquiétais constamment du rythme auquel son crâne se dégarnissait.

Becca sortit de l'ascenseur, nous vit et s'arrêta net.

— Hé.

Je bondis sur mes pieds.

— Becca, nous sommes vraiment désolées. Nous voulions savoir s'il y avait quoi que ce soit que nous puissions faire pour t'aider ?

Des larmes brillaient dans ses yeux rougis, et elle les essuya avec son index.

— Non. Nous sommes dans l'expectative. Les docteurs l'ont stabilisée, mais ils ont dû lui amputer la main et une partie du bras. Elle ne s'est pas réveillée.

Holà.

Precious la guida vers le banc, puis s'assit près d'elle, lui frottant le dos. Je gardai mes distances car je ne voulais pas transmettre mes microbes.

— As-tu eu des nouvelles de la police ? demandai-je. Leo était au Junkie's ce matin.

— Rien de neuf. Je lui suis reconnaissante d'avoir appelé Crenshaw quand maman n'est pas arrivée. Combien de temps serait-elle restée dehors si je n'avais pas remarqué qu'elle n'était pas rentrée ?

Sa voix se coinça dans un sanglot et elle enfouit son visage entre ses mains.

Je vivais seule. J'habitais peut-être au-dessus de l'entreprise de mon père, mais ça ne signifiait pas que nous nous voyions constamment. Combien de jours pourraient s'écouler avant que mes parents ne remarquent que je n'étais pas chez moi ?

— Est-ce que c'est une de vos habitudes, vous assurer que l'autre est arrivée en temps et en heure ?

Becca prit une profonde inspiration et hocha la tête.

— Maman dit que nous ne serons jamais trop prudentes. En dehors des enfants, les femmes sont toujours des cibles. Nous faisons ce que nous pouvons pour nous protéger mutuellement.

Je lançai un coup d'œil à Precious parce que, comme moi, elle vivait seule sans personne pour vérifier chaque jour comment elle allait.

— C'est malin. Peut-être que Precious et moi allons faire quelque chose de similaire.

Precious hocha la tête en accord. Aucune de nous ne voulait être une victime.

— Je suis désolée pour son bras et sa main, ajoutai-je.

Becca hocha la tête.

— Les médecins ont dit qu'elle avait eu de la

chance. Si la voiture avait heurté son corps, elle n'aurait peut-être pas survécu.

— Je peux aller te chercher quelque chose à manger, Becca ? Un café ?

Rester là les bras croisés augmentait mon sentiment d'impuissance.

— Je ne sais pas si je peux manger, répondit Becca.

— C'est quand la dernière fois que tu as essayé ?

Precious était persévérante.

— Je vais aller te chercher quelques en-cas et de l'eau, dis-je. Rien de lourd. Tu dois prendre soin de toi. Je suppose que tu t'occupes de ta sœur ?

Becca avait une sœur cadette encore au lycée. Elle hocha la tête.

— Les gens ont apporté à manger à la maison, et l'amie de ma mère est partie prendre l'air. Elle prendra la relève dans quelques heures.

J'allai d'un pas lourd à la cafétéria et achetai un assortiment de fruits secs, une banane et une grande bouteille d'eau.

Kevin Greevey était assis à une table dans un coin, à boire du café. Incapable de contrôler mon insatiable curiosité, je me glissai sur la chaise en face de lui.

— J'ai pris des en-cas pour Becca, dis-je. Est-ce qu'elle aime les fruits secs ou pas ?

Kevin regarda le paquet.

— Elle déteste les fruits secs, répondit-il. Il vaudrait mieux que tu lui prennes des crackers.

De tous les hommes Greevey, Kevin était le plus beau. Il avait des yeux bleus perçants, des traits ciselés et ressemblait à une star hollywoo-dienne. Mais il avait mauvaise réputation et un comportement douteux. Et il y avait l'affaire de la toxicomanie.

Il frappa la table avec colère.

— Bon sang, Samantha ! Comment sais-tu que je suis là pour Becca ?

— Je vous ai vus dehors près des urgences. Au début, j'ai supposé que tu étais là pour ton frère jusqu'à ce qu'elle sorte.

Il eut l'air perplexe.

— Pourquoi est-ce que mon frère serait ici ?

C'était à mon tour d'être surprise.

— Tu sais qu'il a heurté un chevreuil hier soir, hein ? Un chevreuil a traversé le pare-brise et le choc l'a assommé. Quand je t'ai vu, j'ai pensé qu'il y avait peut-être eu des complica-tions. Qu'il avait dû venir ici et qu'il était en ob-servation.

Kevin roula des yeux.

— Je t'en prie, si Junior le Grand avait besoin de quoi que ce soit, papounet s'assurerait qu'il l'ait dans le confort de la maison.

— Junior vit encore chez ton père ?

Je savais qu'il vivait dans le coin où il avait grandi mais j'avais supposé qu'il avait acheté une maison près de chez son père. Au lycée, il avait été élu « Aux commandes de sa destinée, qui ira loin ».

Pas l'habituel diplômé d'université qui habite dans le sous-sol et vit aux crochets de ses parents.

— Pourquoi abandonnerait-il la poule aux œufs d'or ?

Kevin prit mon paquet de fruits secs et l'ouvrit, puis en engloutit la moitié en la versant dans sa bouche.

— Tu l'as bien fait, dis-je.

Ou peut-être qu'il n'avait pas eu le choix, étant donné son passé. D'après la rumeur, il tirait une voiture ou deux pour revendre des pièces et avoir rapidement de l'argent. La rumeur disait aussi que c'était comme ça qu'il finançait sa drogue. Pas le genre de gars que Becca Holland fréquentait habituellement.

— Parce que je ne peux pas supporter les règles. Ou en tout cas les règles que je trouve stupides.

Il termina les fruits secs. Son corps s'était raidi et ses yeux plissés. Il était tendu, prêt à bondir. Il avait des bleus sur les articulations de la main droite, signe qu'il avait été impliqué dans une bagarre. Crenshaw n'avait pas dit qu'il avait frappé Mme Trina, et il n'était pas là quand elle avait fermé.

Je tentai le tout pour le tout. Je pensai que, s'il me blessait, nous étions dans un hôpital, alors j'aurais un service rapide.

— J'ai entendu dire que Mme Trina et toi vous vous êtes expliqués hier au Junkie's.

Kevin me foudroya du regard.

— Ah ouais ? Où as-tu entendu ça ?

Je haussai les épaules, ne m'engageant pas.

— Dans le coin. De quoi s'agissait-il ?

Il se pencha en avant.

— C'est pas tes oignons, me lança-t-il d'une voix rageuse

— Je ne suis pas la seule qui te posera la question. Tu le sais, n'est-ce pas ?

Comme il inspirait par le nez, ses narines se dilatèrent.

— Ce que je sais, c'est que tu ne me croiras pas, quoi que je dise. Tu t'es fait ton avis sur mon rôle hier soir. Maintenant, je dois te convaincre du contraire. Coupable jusqu'à preuve du contraire. Et tu sais ce que j'ai à dire à ça ? Hum ?

Je secouai la tête.

— Je dis, ajouta-t-il, que tu peux aller te faire f...

Je bondis sur mes pieds, poussant la table vers lui.

— Très bien, j'ai compris. Considère ça comme un tuyau amical.

Je m'éloignai précipitamment de la table, mal à l'aise.

Quand je lançai un coup d'œil par-dessus mon épaule, le regard colérique de Kevin était concentré sur moi. La colère était probablement son émotion par défaut. Et il avait raison... je voulais qu'il me convainque qu'il n'avait pas joué un rôle dans le cambriolage et l'agression de Mme Trina.

CHAPITRE SIX

LA CARROSSERIE DE BOB ÉTAIT À DEUX PÂTÉS de maisons à l'est du centre-ville de Wind River. La place de parking la plus proche pour LC était à un pâté de maisons. Le temps que Precious et moi rejoignions le garage à pied, j'étais essoufflée. Les médicaments contre la grippe cessaient de faire effet, et une sieste me paraissait divine.

Le vrai nom de Bob était Adam, mais vingt ans auparavant il avait acheté le Bob au vrai Bob et n'avait jamais changé le nom. Pour plaisanter, les gens l'appelaient Bob et c'était resté.

L'atelier était un garage à trois ateliers avec un bureau attenant. Deux des ateliers étaient ouverts, et Bob se tenait devant à boire un coca.

Il hocha la tête vers nous pour nous saluer.

— Mon père m'a demandé d'apporter un chèque pour aider à couvrir les dépenses pour Mme Trina.

De mon sac à main, je sortis le chèque et deux billets de vingt.

— J'ai ça pour aider aussi, ajoutai-je.

— Voici ma contribution, annonça Precious.

Elle lui tendit une liasse de billets dont bon nombre étaient d'un dollar. Elle travaillait le soir dans le restaurant de ses parents et c'était probablement l'argent de ses pourboires.

Il laissa tomber sa canette, l'écrasa du pied, puis la ramassa.

— Venez, je vais vous donner un reçu.

Je lançai un coup d'œil vers les ateliers. La voiture de Mme Trina était dans le troisième, avec la porte fermée.

— Est-ce que vous pensez qu'il y aura beaucoup de travail pour réparer sa voiture ?

Je le suivis dans un bureau qui contenait deux fauteuils pour les clients, les taches de graisse offertes, un vieux bureau en bois avec un fauteuil sale derrière, un ordinateur et un calendrier des Seahawks.

Bob s'assit dans le fauteuil derrière son bureau et s'étira.

— Non, ça ne devrait pas être trop grave. Les gamins qui viennent de l'école sont des mécaniciens et des carrossiers talentueux.

Bob proposait un stage pratique pour les jeunes qui aspiraient à travailler dans son secteur.

Un souvenir du passé rejaillit.

— Hé, Kevin Greevey n'était pas dans ce programme ?

Pour moi, les rumeurs sur Kevin ne collaient pas avec le Kevin avec lequel j'avais parlé ce jour-là. À l'hôpital, j'avais vu un gars en colère, pas un drogué nerveux. Même si mon expérience avec les toxicos se limitait à ce qu'ils en montraient à la télé.

Bob hocha la tête et sortit un bloc-notes d'un tiroir.

— Kevin a un talent avec les voitures. S'il entrait dans les affaires avec son père et son frère, ils auraient un empire, dit-il avant de secouer tristement la tête. C'est dommage ce qu'on dit sur lui.

— Que c'est un toxico ? demanda Precious.

Bob releva brusquement la tête, et il nous regarda l'une après l'autre.

— C'est la rumeur la plus bête que j'ai entendue jusqu'ici, dit-il en secouant la tête de frustration. Je n'arrive pas à imaginer Kevin en toxico. Il est trop tendu pour perdre le contrôle. Mais c'est un sacré mécano.

Il termina d'écrire les reçus, puis les arracha du bloc. Il en tendit un à chacune de nous.

— Est-ce que vous le voyez se calmer assez pour attacher quelqu'un à un poteau et partir ? demandai-je.

Papa avait raison, l'attacher à un poteau n'avait pas de sens.

Bob secoua la tête, l'air sceptique.

— Non, je ne peux pas l'imaginer faire ça. Je peux l'imaginer se mettre en colère. Même crier sur quelqu'un et lui balancer un coup de poing. Mais attacher quelqu'un ? Non, ça vient d'une folie profonde, et Kevin n'a pas ça en lui. Ce qu'il a à revendre, c'est de la colère envers sa famille.

— Parce que son frère est parfait, dit Precious. Ma sœur est parfaite aussi, et parfois c'est super agaçant. C'est pareil avec Rachel, n'est-ce pas, Sam ?

Rachel était ma sœur aînée. Récemment diplômée de l'université en soins infirmiers, elle avait cédé quatre ans de sa vie à la Navy.

— D'après ma mère : « Rachel n'est pas parfaite. Elle est idéale. »

— C'est la même chose, dit Bob.

— Je sais, mais je prétends que non, ou sinon je serais constamment énervée contre Rachel.

Je n'étais pas la fille idéale. Pas parce que j'étais mauvaise, mais parce qu'une bonne partie de ma scolarité avait été difficile, alors que Rachel avait tout réussi haut la main.

— Mais je ne hais pas Rachel. Même si je suis énervée contre elle.

— Parce que vos parents ne vous mettaient pas en compétition comme Senior le faisait et essaie encore de le faire, dit Bob. Il essaie toujours de faire en sorte qu'un de ses fils surpasse l'autre. Je l'ai vu ici moi-même. Il est venu ici pour énerver Kevin en lui disant qu'il était moins performant que Junior. Senior détestait que Kevin travaille pour moi et qu'il n'ait pas pris le programme d'alternance de sa concession ou du garage de son frère.

— Est-ce pour ça qu'il a été mis à la porte de sa maison ?

Precious était plus au courant que je ne l'étais.

Bob s'esclaffa.

— Tu parles. Senior adore dire aux gens qu'il a mis Kevin à la porte, mais la vérité c'est que Kevin est parti de lui-même. C'est arrivé peu de temps après l'obtention de son diplôme.

Je rassemblais des pièces du passé de Kevin.

— Alors Kevin a travaillé ici un moment, n'est-ce pas ? Après avoir fini ses études ?

Bob hocha la tête.

— Et il serait encore ici s'il n'avait pas soudain démissionné. Il a dit qu'il avait un meilleur boulot. C'était un as dans la restauration de voitures classiques et de collection.

— La rumeur dit qu'il fauche ce genre de voitures, ajoutai-je.

Bob fronça les sourcils.

— Les restaurer, ouais. Les voler pour des pièces détachées ? Je n'arrive pas à l'imaginer. Kevin est un artisan. Dans l'esprit de la vieille école.

Son front se plissa et il fronça les sourcils.

— Je n'arrive pas à l'imaginer.

Ce n'était pas l'image du Kevin que tout le monde décrivait. Peut-être que sa colère provenait du fait de voler les voitures classiques qu'il aimait mais de ne pas les restaurer.

Je changeai de sujet.

— Est-ce que ça vous dérange si je regarde la voiture de Mme Trina ? J'ai pris les photos sur la scène de crime, et j'aimerais jeter un deuxième coup d'œil pour m'assurer de ne rien avoir oublié.

Je ne prévoyais pas de prendre d'autres photos. Si je le faisais, elles ne seraient probablement pas recevables parce que la voiture avait été déplacée. Même si le Bob's était techniquement le garage de la police pour notre petite ville. Regarder encore une fois pourrait valoir le coup.

Bob nous fit signe de faire comme chez nous.

— Au fait, dis-je en me levant de mon fauteuil, est-ce que vous êtes au courant que la voiture de Junior a été volée hier soir ? D'abord, il heurte un chevreuil, pour que sa voiture soit volée après qu'il l'a remorquée sur son lieu de travail. C'est ce qu'on appelle une mauvaise nuit.

Bob se leva aussi, et nous suivit alors que nous sortions de son bureau.

— Je ne suis pas surpris. Ça arrive souvent, avec ce conducteur de dépanneuse en particulier.

Je lui lançai un coup d'œil par-dessus mon épaule.

— Qu'est-ce que vous voulez dire ?

Bob renifla dédaigneusement.

— Peut-être que je devrais dire que c'est l'association de la société de dépannage qui les transporte jusqu'à la concession de Greevey. Ce n'est pas la première voiture que ce gars a remorquée qui ait été volée dans le parking de la concession. Les gens pensent que Crenshaw est fou avec toutes ses caméras et ses clôtures, mais les voitures qu'il dépanne et entrepose ne sont pas volées.

— Peut-être que c'est parce qu'elles sont gardées dans une casse et que les gens présument que tout ce qui est là-bas est un tas de ferraille, dit Precious.

Bob renifla de nouveau. Nous devions l'amuser par notre manque de connaissances.

— Les casses sont comme des coffres au trésor géants remplis d'or. Les gens se débarrassent de choses sans vérifier leur valeur. Crenshaw a eu une fois un gars qui lui a fait don d'une vieille Mustang Mach 1 de 1969. Oui, elle était en mauvais état, mais une fois restaurée, Crenshaw l'a vendue pour plus de cinquante mille dollars. Les gens sont stupides.

— Quoi ? dîmes Precious et moi à l'unisson.

Bob avait l'air ravi de notre surprise et de notre vive attention.

— Oui, les gens héritent de trucs et n'ont aucune idée de ce que c'est. Cette vieille Mustang était dans une grange près de la Columbia Gorge, enterrée sous du foin, de vieilles bâches et de la fiente. Le gars qui en a hérité essayait de vendre les terres et avait besoin que la grange soit démolie. Tout ce qu'il voyait, c'était la grosse vente des terres et pas le petit bijou de voiture.

— Waouh, dis-je. Pas étonnant que la casse de Crenshaw soit sous étroite surveillance. Qui s'en serait douté ?

— Moi, répondit Bob en pointant son torse du doigt. Je le savais.

Je ne me donnais pas la peine de lui dire que ma question était rhétorique.

— Quand commencerez-vous à travailler sur la voiture de Mme Trina ? demandai-je.

— Dans quelques jours, répondit Bob. J'aurai probablement l'autorisation de commencer. Habituellement, la police veut y regarder encore une fois, quand bien même ils emportent la pièce quand elle sera retirée.

Il marmonna la fin.

— Oh, je croyais que l'assurance la retardait peut-être, dis-je.

Nous nous arrêtâmes près de l'atelier quai qui contenait la voiture de Mme Trina. Une large bâche en plastique séparait sa voiture des autres. Un registre des visiteurs sur un porte-bloc pendait à un clou dans le mur. Bob me le tendit pour que je le signe.

— Sa franchise est incroyablement élevée, malheureusement, dit-il. Elle aura plus d'argent à sortir de sa poche que l'assurance.

— C'est drôle étant donné que son mari était assureur, dit Precious. Peut-être qu'il savait quelque chose que nous ignorons.

Bob haussa les épaules.

— Bart avait fait le choix de ne pas avoir une franchise aussi élevée. Je pense que Trina a changé ça après sa mort. Bart n'était pas joueur et disait qu'une franchise élevée, c'était comme jouer avec le danger, demander qu'un accident se produise.

— Pourquoi l'aurait-elle changée ? demandai-je.

— Habituellement, les gens le font pour économiser de l'argent, répondit Bob.

Maintenant, je comprenais. Économiser de l'argent n'était jamais une mauvaise idée. Peut-être que je devais changer ma franchise.

— Est-ce qu'une franchise élevée affecte la vitesse à laquelle une voiture est réparée ?

— Non, répondit Bob. Les réparations ralentissent quand plus d'une compagnie d'assurances est impliquée ou pour obtenir l'accord pour avoir des pièces détachées FEO. Parfois, certaines pièces sont en rupture de stock, aussi.

— FEO ? demanda Precious.

— « Fabricant d'équipement d'origine », essentiellement des pièces détachées de marque, expliqua Bob.

J'avais besoin de clarification.

— Par opposition aux pièces détachées génériques ?

Je supposai que des pièces détachées génériques étaient le plus commun. Presque tout avait une version générique de nos jours.

— Oui, dit Bob. Les pièces détachées FEO sont plus chères et requièrent l'accord de l'assurance.

Je signai le registre puis passai sous la bâche en plastique. Devant la voiture de Mme Trina, je fixai l'aile qui avait écrasé son bras. Tout dans cette situation était troublant.

Precious pointa du doigt des taches rougeâtres sur la voiture.

— C'est du sang ?

La voiture de Mme Trina était rouge. Pas le rouge des voitures de course, mais le rouge habituel des voitures compactes. Un rouge banal.

Bob enfila une paire de lunettes et se pencha.

— Non, de la peinture. Provenant peut-être du poteau.

Je pointai du doigt une tache marron.

— Ça, c'est du sang.

Precious regarda la voiture, puis moi. Elle pâlit. Plusieurs minuscules taches brunes étaient éparpillées sur une large portion de l'aile.

Je regardai l'enfoncement de la carrosserie. Il était léger. Quelle chance que seul le coin l'ait touchée ! Cela avait suffi pour écraser son bras, mais cela aurait pu être pire.

— Elle a de la chance. Tout bien considéré.

— Ce n'est rien de le dire, dit Bob. Si elle s'était trouvée ailleurs, si la voiture avait été percutée ailleurs, elle n'aurait peut-être pas survécu.

Ce n'est pas tous les jours qu'un véhicule de neuf cents kilos percute quelqu'un et ne fait des dommages qu'à une petite partie de son corps.

Je m'imaginais la veille, ajoutant l'image de la voiture fuyant la scène en heurtant celle de Mme Trina.

— Pensez-vous que la voiture qui a accroché la sienne a démarré à toute vitesse ?

Il haussa les épaules.

— Ça dépend de la voiture incriminée et d'où sa propre voiture était garée par rapport à elle.

Je fis défiler mentalement les photos que j'avais prises. Mme Trina conduisait une Golf.

— Si on se base sur les traces de dérapage, sa voiture avait été garée à quelques centimètres du poteau.

— Il n'aurait pas fallu grand-chose alors, dit Bob. D'après les dommages, je suppose que la voiture qui l'a heurtée était plus grosse, légèrement plus lourde, alors il n'y aurait pas besoin d'aller aussi vite qu'on pourrait le croire.

Je me déplaçai à l'autre bout, où sa voiture avait été percutée. Deux couleurs. Deux rouges. Elles avaient été difficiles à voir aux premières heures du matin, même avec les lumières. Trop d'ombres.

Je sortis mon téléphone de mon sac.

— Est-ce que ça vous dérange si je prends quelques photos ? Je veux les comparer avec celles que j'ai prises cette nuit.

Bob me fit signe d'y aller.

La qualité manquait à l'appareil photo du téléphone, mais il faudrait s'en contenter. Je n'étais pas la fille de mon père pour rien. La remarque de Bob sur la trace de peinture du poteau me donnait envie de voir si la voiture qui l'avait heurtée avait aussi laissé une trace. Juste au cas où mes photos seraient mauvaises, je voulais quelques photos de secours.

CHAPITRE SEPT

Le lendemain matin arriva, et avec lui, un corps sans fièvre. Elle était tombée vers le milieu de la nuit. Être guérie était merveilleux, même si vous restiez une épave en sueur et graisseuse. Un problème résolu par une douche.

En mangeant un toast avec du beurre de cacahuète, je chargeai les photos de mon téléphone sur mon ordinateur et les comparai avec celles que j'avais prises la nuit du cambriolage. Mon instinct sur les ombres avait été exact. Même si les taches et les traces de peinture étaient visibles sur mes photos d'origine, les nouvelles leur donnaient la définition qui manquait aux originales. J'imprimai les deux séries, écrivis une légende pour les photos, y compris comment et quand elles avaient été prises, les rangeai dans une enveloppe kraft, et les plaçai dans mon sac à bandoulière pour les déposer au poste de police.

J'enfilai un jean, des bottes Ugg's, un long pull doux de couleur vert militaire et rassemblai mes cheveux en queue-de-cheval. Deux minutes avec ma trousse à maquillage rendirent des couleurs à mon teint précédemment cireux.

Dehors, le ciel était gris et il tombait du crachin. Bientôt, ces rares journées d'automne ensoleillées du Pacifique Nord-Ouest seraient écartées au profit d'une brume sans fin. Vêtue d'un imperméable North Face gris clair, j'emportai les photos au poste de police à deux pâtés de maisons de mon appartement.

À l'intérieur, Pamela Hopkins, officier de police, tenait le bureau de réception. Les chaises de la salle d'attente étaient vides.

— Salut, dis-je. Comment ça se passe ?

Elle avait été diplômée avec ma sœur, Rachel, et elles avaient été dans l'équipe de volley-ball ensemble.

— Ça se passe, répondit-elle en secouant tristement la tête.

— Tout va bien ? demandai-je en fouillant dans mon sac à bandoulière pour en sortir les photos.

Elle soupira avec lassitude.

— Où va le monde ? Tu sais, si je ne travaillais pas ici, je ne croirais pas la moitié de ce que j'ai vu.

Oui, Leo marquait un point en parlant de toujours regarder la face cachée de la vie. Y être exposé constamment changeait une personne, parfois pas pour le mieux. Je levai l'enveloppe kraft.

— J'ai des photos pour Leo ou Rawlings. L'un ou l'autre est là ?

D'un mouvement brusque de la tête, elle indiqua la porte derrière elle qui séparait l'entrée du reste.

— Leo, oui. Il est à l'arrière. Rawlings est en repos aujourd'hui, mais je suis sûr qu'ils vont l'appeler maintenant que nous sommes en sous-effectif.

Elle appuya sur un bouton, et un bourdonnement bruyant emplit l'espace, indiquant que la porte était déverrouillée. Je me pressai d'y aller avant qu'elle ne le lâche.

— Merci, dis-je en ouvrant la porte. J'espère que ta journée va s'améliorer.

— J'ai des doutes, répondit-elle par-dessus son épaule.

Derrière la porte, tout était silencieux. Les forces de l'ordre de Wind River étaient composées de sept personnes. Je ne m'attendais pas à ce qu'on s'active comme on le montrait dans une série télé. Ça, c'était habituellement dans les postes des grandes villes. La partie bureaux du poste était une salle ouverte avec six petits box formant un carré au centre de la pièce. Sur la gauche se trouvait un couloir bordé d'une rangée de salles. La première était le bureau du chef Louney. La deuxième servait aux interrogatoires. Un miroir sans tain était fixé au centre du mur et donnait sur cette salle.

Je fis le tour des box mais ne trouvai pas Leo. Je repérai son bureau. Sans surprise, le sien était organisé, impeccable et dépourvu d'objets personnels. L'odeur dominante du poste était le café. Les autres odeurs non identifiables qui suivaient n'étaient pas aussi agréables. Puisqu'il n'y avait pas de cafetière près des box, je supposai qu'une salle de repos devait se trouver au fond du couloir.

Alors que je passais devant la salle d'interrogatoire, je lançai un coup d'œil à travers le miroir. M'attendant à ce que la salle soit vide, je fus surprise de voir le chef Louney se lever, pointer du doigt l'officier Smith et lui crier dessus. Smith était en uniforme, affaissé sur une chaise, la tête basse, les épaules voûtées. La pièce était insonorisée. À côté du miroir se trouvait un petit boîtier d'interphone avec un bouton « on/off » et une molette pour le volume.

Je vérifiai pour voir si j'étais seule alors que j'envisageais d'appuyer sur le bouton « on ». Comment expliquerais-je que j'écoutais aux portes ? Dans un poste de police, pour l'amour du ciel ! Smith se faisait incendier. Est-ce que cela avait quelque chose à voir avec l'affaire de Mme Trina ? Il était le premier officier à être arrivé sur la scène de crime. Je lançai un coup d'œil à l'interphone. Mon doigt me démangeait d'appuyer sur le bouton. Je tendais la main vers lui quand Leo sortit d'une autre pièce au bout du couloir.

— Samantha ?

Je retirai brusquement la main.

— Je n'y ai pas touché.

— Bien. Parce que ce ne sont pas tes affaires.

Il s'approcha de moi, un mug à la main.

Je levai le pouce vers la vitre.

— Est-ce qu'il reçoit une évaluation de performance ? Parce que je crois que ça ne se passe pas super bien.

L'expression de Leo resta indéchiffrable.

— Qu'est-ce qui t'amène ?

Je levai l'enveloppe.

— J'ai emporté de l'argent chez Bob pour aider Mme Trina et j'ai encore regardé la voiture. Je m'inquiétais au sujet des ombres sur les photos d'origine, alors j'en ai pris quelques autres. Il y a les deux séries là-dedans. Les nouvelles ont été prises avec mon téléphone portable. La qualité est bof, mais elles montrent les dommages plus clairement. Je pense que la voiture qui a heurté la sienne était rouge.

La porte de la salle d'interrogatoire s'ouvrit, et le chef Louney en sortit. Il avait le visage rougi, et la sueur perlait à son front. Il claqua la porte de la salle avec tant de force que le miroir en trembla. Il pointa Leo du doigt.

— Laisse-le mariner là-dedans. Tu m'as bien compris ?

— Oui, monsieur.

— Pas de nourriture, pas d'eau. Rien. Quand il aura repris son sang-froid, préviens-moi.

Leo et moi regardâmes dans la salle. Smith chialait dans ses mains.

Louney se tourna vers moi.

— Et il vaudrait mieux que je ne vois pas ton père ici à me demander pourquoi nous interrogeons l'un des nôtres dans l'affaire du cambriolage. Je l'appellerai quand je serai prêt. Tu m'as compris ?

— Oui, monsieur, répondis-je en levant l'enveloppe. Je ne faisais que déposer d'autres photos de la voiture de Mme Trina. Les nouvelles montrent deux peintures différentes de couleur rouge. D'après ce que Bob m'a dit, je suppose qu'une des deux est une trace laissée par la collision.

Louney pointa Leo du doigt.

— Le véhicule personnel de Smith est rouge, n'est-ce pas ? Trouve-le et vois s'il a des dommages. Vois si tu peux trouver un lien entre lui et Kevin Greevey.

Je n'en croyais pas mes oreilles. Jeffrey Smith aurait fait ça à Mme Trina ? Le gars qui avait pleuré la moitié de l'année en maternelle parce qu'il ne pouvait pas être séparé de sa mère ? Mon esprit buta sur cette possibilité, engendrant mille questions.

Louney entra d'un pas vif dans son bureau et claqua la porte derrière lui.

Je me tournai vers Leo, incrédule.

— Je n'y crois pas !

Leo se racla la gorge et croisa les bras.

— Ce n'est pas à toi de décider. Les faits parleront d'eux-mêmes.

Je me renfrognai.

— Tu crois qu'un type avec qui tu travailles s'est fait passer pour un des Bandits de Comics et a cambriolé le Junkie's, puis a enchaîné Mme Trina à un poteau et a détalé.

— Détalé parce qu'il avait été dérangé. En tant qu'officier en service le plus proche, il avait été appelé sur l'accident de Greevey.

— Mais tu étais sur la scène de l'accident de Greevey.

J'énonçai l'évidence parce que j'étais en train de digérer ce qu'il venait de divulguer.

— Parce qu'on n'arrivait pas à joindre Smith par radio. Plus tôt, il avait été appelé pour une course de dragsters entre gamins qui avait lieu plus loin que le Junkie's. Rawlings et moi étions plus loin, près de chez Graycloud, mais comme le dispatch n'avait pas de réponse de Smith, c'est nous qui avons dû nous déplacer.

— Oh, dis-je, vaincue. Et je suppose qu'on pourrait spéculer qu'il n'y avait pas de gamins en pleine course de dragster et que la personne qui a appelé pour se plaindre des gamins était le complice de Smith.

Je rassemblais les pièces du puzzle. Le complice de Smith, peut-être Kevin Greevey, avait fait un signalement bidon, et Smith était sorti. Cela donnait une raison à ce dernier d'être dans le coin et à l'heure pour que lui et son complice cambriolent le Junkie's. Quand l'appel était arrivé pour l'accident de Junior, Smith et son complice étaient occupés à dévaliser le Junkie's et à attacher Mme Trina. Smith n'avait pas répondu. Leo et Rawlings avaient été envoyés sur l'accident de Junior à sa place. Smith, étant officier de police, était au courant que les cambriolages des Bandits de Comics étaient commis par plus d'une personne. Il savait aussi ce qui était laissé sur la scène de crime.

— Attends.

Je secouai la tête, essayant de cerner une pensée obsédante.

— Mon père m'a dit que les Bandits de Comics laissaient une page de comics sur chaque scène de crime. Il n'y avait pas de page de comics au Junkie's. En tout cas, je n'en ai pas vu. Papa a dit qu'il n'y en avait aucune chez Graycloud non plus. Smith ne l'aurait pas su ? S'il essayait de faire accuser les Bandits de Comics, ne se serait-il pas assuré de laisser une page sur la scène de crime ?

Leo baissa les yeux comme si ma question requérait d'être sérieusement prise en considération. Après ce qui sembla être les plus longues minutes du monde, il soupira profondément et me regarda.

— Je n'ai pas d'explication. C'est une question sans réponse.

Puis il pinça les lèvres. Le muscle dans sa joue se contracta deux fois avant qu'il ne dise :

— C'est une bonne remarque, Samantha. Une bonne observation. L'esprit criminel n'est pas facile à déchiffrer.

J'en restai bouche bée. Je la refermai d'un coup sec.

— Est-ce que tu viens de me faire un compliment ?

Ses lèvres tressaillirent.

— Oui, mais ne t'emballe pas trop. Même un écureuil aveugle trouve parfois une noisette.

Je levai la main en l'air de frustration.

— Et voilà, tu gâches tout.

Il sourit d'un air narquois.

— Je dois te faire garder les pieds sur terre. Precious et toi ne pouvez pas vous promener et jouer les Alice Roy et Trixie Belden[1].

Je grimaçai et le regardai de travers.

— Alice Roy et Trixie Beldon ? Tu ne pouvais

pas trouver une comparaison plus actuelle ? Comme Veronica Mars ?

— Je vais m'en tenir à Trixie et Alice.

— Elles ne sont même pas dans le même livre ! Ou au même niveau de lecture.

Je fus frappée de compréhension.

— Attends, c'est ce que tu veux dire ? L'une de nous est plus intelligente que l'autre ?

Il poussa un rire bref.

— Peut-être. Ou peut-être que ta première supposition était la bonne, et que je n'ai pas de référence actuelle. Délibéré ? Je vais te laisser en décider.

Il arqua un sourcil, un demi-sourire sur les lèvres. Puis il se retourna et s'en alla tranquillement.

— Attends, dis-je en le rattrapant. Est-ce que tu as besoin que j'aille prendre des photos de la voiture de Smith ?

Même s'il disait « non », je prévoyais de le suivre quand même. Il vaut mieux demander pardon après, et tout ça.

Il passa un pouce dans son ceinturon, tenant calmement le mug dans son autre main, et continua à marcher.

— Ce n'est pas nécessaire. Le photographe de l'équipe est disponible.

Mon téléphone sonna, et je le sortis de ma poche. Le nom de Precious s'affichait à l'écran. Je cessai d'essayer de suivre le rythme de Leo et acceptai l'appel.

— On dirait qu'Alice appelle. Ou est-ce Trixie ? lança-t-il par-dessus son épaule.

— Je ne t'apprécie vraiment pas, dis-je à son

dos avant de placer le téléphone contre mon oreille. Quoi de neuf, P ?

— Ma voiture est tombée en panne. J'ai besoin que tu viennes me chercher. Je suis sur Cougar Valley Road, environ cinq kilomètres après le Junkie's.

CHAPITRE HUIT

Je trouvai Precious appuyée contre sa Ford Focus bordeaux, le capot relevé. Le sol autour d'elle était humide et dans l'air flottait une odeur de brûlé.

Le soleil avait pénétré la couverture nuageuse, et elle avait le visage tourné vers le ciel. En tant qu'habitant du Pacifique Nord-Ouest, vous deviez prendre votre dose de vitamine D quand vous le pouviez. Le soleil était un cadeau fugace en automne et en hiver.

Je me rangeai sur l'accotement de l'autre côté de la route et sortis de LC.

— Que s'est-il passé ?

— Je ne sais pas, répondit-elle, le visage toujours tourné vers le ciel. Le voyant du moteur s'est allumé, mais j'ai continué, espérant que je pourrais arriver jusque chez Bob.

Elle fit un geste vers le capot.

— Apparemment non. L'instant d'après, j'ai entendu un sifflement et de l'eau est sortie par la fente du capot.

Je regardai le moteur. Son problème semblait être le radiateur.

— Est-ce que tu as appelé Crenshaw ?

Elle hocha la tête.

— Juste après toi. Il terminait un appel, mais il viendra dès qu'il pourra.

J'examinai le champ dégagé. Cougar Valley Road était en rase campagne. Au bout, du côté de la ville, se trouvaient le Junkie's et la route principale qui menait au centre-ville de Wind River. Dans la direction d'où venait Precious se trouvaient des fermes, une poignée tout au plus. Comme l'agriculture périclitait dans la région, bon nombre d'entre elles étaient vendues pour y construire des logements.

La ferme des parents de Precious était à trois kilomètres sur cette route, je présumais qu'elle en venait.

— Comment vont tes parents ?

— Ça va, dit-elle. Je les ai aidés à installer l'entrée du labyrinthe dans le champ de maïs et j'ai déplacé des citrouilles dans la grange pour les vendre.

Elle épousseta de la poussière imaginaire sur son jean. Elle n'avait pas l'air d'une femme qui arrivait de la ferme, habillée d'une chemise transparente avec une ceinture d'une largeur de dix centimètres encerclant sa taille.

En plus de diriger un restaurant, les parents de Precious organisaient chaque année le labyrinthe de maïs, un champ de citrouilles et des promenades en charrettes de foin pour Halloween. Ils avaient des vergers de pommes dont ils tiraient du cidre et du jus de pomme pour les enfants, des champs de courges qu'ils utilisaient de manière créative, et un jardin de légumes et de fleurs privé qui aurait fait pleurer d'envie tout jardinier ordinaire.

— Écoute ça, dis-je. Smith était interrogé aujourd'hui quand je suis allée au poste de police.

Louney avait dit que je ne pouvais pas le dire à mon père. Il n'avait rien mentionné concernant ma meilleure amie.

Precious s'écarta de la voiture, se tourna vers moi, stupéfaite.

— Pour avoir cambriolé le Junkie's et attaché Mme Trina ?

Je hochai la tête.

— Apparemment, il était quelque part par ici quand ils ont eu besoin qu'il se déplace pour l'accident de Junior avec le chevreuil, mais ils n'ont pas réussi à le joindre par radio.

Je l'informai du reste de ce que Leo m'avait dit.

Elle pointa le champ du doigt.

— Parfois quand je quitte mes parents tard, une voiture de flic est garée ici. L'intérieur est toujours sombre, alors je supposai que son occupant dormait, mais peut-être que Smith et Kevin se retrouvaient ici. C'est isolé et sombre la nuit.

Je fixai la route.

— Et on peut prendre des petites routes d'ici pour aller chez Graycloud aussi.

— Tu penses que ces cambriolages sont des imitations ?

Elle croisa les bras et frotta ses mains de haut en bas comme pour se réchauffer.

— Oui. Papa le pense. Louney le pense, sinon

pourquoi parler à Smith et Kevin Greevey ? Si Louney croyait que les Bandits de Comics étaient derrière tout ça, il enquêterait là-dessus, non ?

Je n'avais aucune expérience pratique sur laquelle m'appuyer, alors ce n'était que des suppositions.

Elle acquiesça.

— S'apercevoir que quelqu'un que nous connaissons, quelqu'un avec qui nous pourrions avoir traîné, ou avoir eu un rendez-vous, ou près de qui nous aurions pu nous asseoir à la parade du 4 Juillet, est capable de faire des choses terribles aux gens, c'est perturbant. Ça me donne la frousse.

Je m'appuyai tranquillement contre la portière côté conducteur.

— Ce n'est pas comme si ces gens étaient des tueurs en série. Je ne pense pas qu'ils voulaient que Mme Trina soit blessée.

Precious recula d'horreur.

— Est-ce que tu t'entends ? Qui es-tu ? Mme Trina a perdu son bras. Elle n'aurait pas été dehors si la personne qui a fait ça n'était pas cupide et égoïste. Et stupide.

Elle insista sur les derniers mots.

Beurk, je commençais à parler comme mon père. La mise en garde de Leo avait l'air véridique. Être exposée au côté sordide de la vie changeait ma perspective, me rendant plus calme devant le crime. Et je ne faisais ça que depuis deux jours. Sans compter ce que nous avions appris à l'école.

Ne voulant pas continuer cette conversation, je pointai mon doigt par-dessus son épaule.

— Voilà Crenshaw.

Elle m'écarta pour tendre le bras dans sa voiture. Rassemblant ses livres, son sac à main et une bouteille d'eau, elle les lança ensuite dans LC.

En silence, nous regardâmes Crenshaw s'arrêter.

— Tu vas l'interroger sur Bigfoot ? demandai-je avant qu'il ne sorte de la cabine de la dépanneuse.

Elle écarquilla les yeux et elle se frappa la jambe de frustration.

— Bon sang. J'aurais aimé y penser. Je ne t'aurais pas appelée et à la place je serai montée avec lui.

J'émis un petit rire.

— Voyons s'il va nous en dire plus.

Crenshaw bondit de la grande cabine et regarda la voiture, puis nous.

— Où veux-tu que je la remorque ? Chez Bob ?

Sa lèvre inférieure ressortait à cause de ce que je supposais être du tabac à chiquer. Une seconde après, il cracha sur le sol, puis s'essuya le menton avec un bandana qu'il sortit de sa poche arrière.

Precious secoua la tête.

— Je dois l'emmener à la concession de Greevey. J'ai appelé Bob, et il a dit que cela prendrait une semaine avant qu'il puisse s'y mettre. J'ai appelé Junior, et il pourra s'y mettre demain.

— Bien reçu, dit Crenshaw.

— Pouvons-nous vous aider ? demandai-je en faisant un geste vers la voiture de Precious.

— Je m'en occupe, répondit Crenshaw.

Je me raclai la gorge.

— Becca était à l'hôpital. Mme Trina n'était pas réveillée pendant que j'y étais. Avez-vous eu de ses nouvelles ?

Crenshaw hocha la tête.

— Oui, elle est réveillée, mais elle dit qu'elle ne se souvient de rien.

Cela me surprit.

— Rien ?

— Même pas si Bigfoot est venu au bar ? demanda Precious.

Crenshaw émit un petit rire.

— Difficile d'imaginer que quiconque puisse oublier ça. Comment es-tu au courant ?

Precious me pointa du doigt.

— Parce qu'elle adore Bigfoot, dis-je pour ma défense avant de me racler la gorge pour dégager la culpabilité qui y était logée.

On m'avait dit de garder le silence.

Precious inspira brusquement, les yeux écarquillés d'excitation.

— Croyez-vous honnêtement que c'est ce qu'il y a sur la vidéo ?

Crenshaw alla à la cabine de sa dépanneuse puis revint vers nous avec une photo.

— À toi de me le dire.

La photo était en noir et blanc et avait du grain. Dans le coin inférieur gauche, il y avait une forme noire floue, le coin droit montrait la partie inférieure d'une jambe, le pied n'était pas dans le cadre. La jambe était poilue et épaisse comme un tronc d'arbre, large et uniforme en taille du haut en bas. À l'arrière-plan de la jambe, on voyait la casse.

— On dirait que l'angle est proche du sol et pointe vers le haut.

Je fixai la photo des yeux.

Crenshaw se racla la gorge, gêné.

— En effet. Je pensais être vraiment malin en plaçant une caméra au niveau du sol. Tout le monde lève les yeux pour chercher les caméras, personne ne s'attend à ce qu'elles soient au sol.

C'était logique, jusqu'à un certain point. Je pointai la forme floue du doigt.

— Qu'est-ce que c'est ?

Crenshaw jeta un coup d'œil à la photo puis recommença à accrocher la voiture.

— De la terre sur l'objectif. Le problème avec les caméras basses, c'est qu'elles se salissent plus vite. Les caméras élevées ont une couche de poussière, mais celle-ci avait des éclaboussures de boue. Depuis, j'ai nettoyé tous les objectifs de mes caméras.

Le visage de Precious brillait d'espoir. Elle serra la photo contre sa poitrine.

— Ça pourrait être le vrai. Je peux la garder ?

Le sourire de Crenshaw disait qu'il trouvait Precious amusante. Il hocha la tête.

J'étais sceptique.

— Ou il pourrait y avoir une autre explication. Autre chose que vos vidéos pourraient avoir filmé ? Comme, disons, l'officier Smith qui allait et venait ?

Crenshaw, qui œuvrait au niveau du capot de la voiture de Precious pour accrocher le treuil, se redressa et me fixa.

— Comment es-tu au courant de ça ?

Avec l'impression d'être une fouineuse, je fourrai les mains dans mes poches.

— Je suis passée au poste tout à l'heure. Il était là dans la salle d'interrogatoire.

Crenshaw haussa les épaules.

— Je m'attends à ce que beaucoup de gens voient l'intérieur de cette salle d'interrogatoire.

— Pourquoi ?

Ça n'avait pas de sens pour moi.

— Parce que le bar était bondé ce soir-là. Quelqu'un a dû voir quelque chose. Ils ne le savent probablement pas encore.

Crenshaw continua d'accrocher la voiture de Precious.

— La soirée années 70 est la meilleure, dis-je.

— La plus lucrative pour moi.

Crenshaw serra les chaînes et les câbles, puis se déplaça vers la dépanneuse pour soulever la voiture de Precious.

— Et la personne qui a fait ça devait le savoir.

Je réfléchissais à haute voix.

— Ce que je n'arrive pas à comprendre, c'est pourquoi cette personne est allée dans la casse et ce qu'elle a pris, si elle a pris quoi que ce soit, dit Crenshaw.

— Attendez, dis-je. Vous pensez que les cambrioleurs ont pris quelque chose dans votre casse aussi ?

Crenshaw haussa à demi les épaules.

— C'est ce que je suppose. Sinon pourquoi pénétrer dans la casse ? J'ai une vidéo d'une silhouette qui s'y déplace, mais elle a réussi à rester suffisamment loin de la caméra pour qu'il soit impossible de distinguer quoi que ce soit.

— Et les caméras étaient sales, supposai-je.

— Ça aussi. La caméra qui a filmé l'intrus était près de l'entrée de la casse. Ce n'est pas la même qui a filmé Bigfoot, qui est plus proche de la porte arrière du bar.

Precious se redressa.

— Je suis sûre que nous pouvons écarter Bigfoot, dis-je. Que croyez-vous que la personne ait pris ?

Crenshaw se caressa le menton.

— Tout ce qui aurait de la valeur serait des pièces détachées, mais une pièce ne vaut pas autant qu'une voiture.

— Pourquoi est-ce que Bigfoot aurait besoin de pièces détachées ? taquinai-je Precious.

Elle eut l'air surprise.

— Ne présume pas qu'il n'aurait pas besoin de pièces détachées. Selon ce qu'il a pris, il pourrait l'utiliser pour beaucoup de choses. Un capot pourrait servir de dessus de table.

Je souris.

— Parce que Bigfoot est domestiqué et a besoin d'une table pour dîner ?

Elle pointa le doigt vers moi.

— Tu me taquines, mais un jour, quand nous le trouverons et que tu verras comment il vit, tu seras scotchée.

— J'ai hâte d'arriver à ce jour, dis-je.

Le talkie-walkie à la hanche de Crenshaw grésilla. Il avait un autre dépannage à faire après celui-ci.

— Journée chargée ? demandai-je après qu'il eut écrit la position du véhicule en panne.

— Sacrément. Maintenant que la rumeur

court que des voitures sont volées dans les conces-
sions comme celle de Greevey, les gens veulent
être remorqués à un dépôt qui ferme à clé ou
dans ma casse derrière le portail. Les gens se mo-
quaient de moi à cause de mes caméras et mes
portails, mais personne ne rit maintenant.

— Je n'ai pas le choix avec Greevey, dit Precious. J'ai besoin de ma voiture aussi vite que possible. Vous croyez que je devrais aller ailleurs ?
Vous connaissez un autre garage ?

Crenshaw et moi secouâmes la tête.

Precious soupira.

— Je vais devoir faire confiance à Greevey.

Crenshaw mâcha le tabac dans sa bouche
puis cracha sur le sol.

— Et puis, continua Precious, qui volerait une
vieille Ford comme la mienne ?

Elle leva les yeux au ciel.

— Oh, faites en sorte qu'elle ne soit pas volée.
Je sais que ma voiture ne vaut pas grand-chose,
mais c'est tout ce que j'ai, et avec les partiels qui
arrivent, je ne veux pas m'embêter à aller acheter
une voiture si on me vole celle-ci.

Confuse et frustrée, je me frottai les tempes.

— Mais celle de Junior n'a pas été volée parce
que c'est une voiture de sport ? Elles sont par-
faites pour être vendues au marché noir, non ?

Comme si je connaissais quoi que ce soit à un
autre marché que le marché fermier de notre
ville.

Crenshaw hocha la tête et gratta son menton
rasé de près.

— Les pièces détachées, bien sûr. Un des principaux fabricants de pièces FEO pour ce genre de voiture de sport a récemment eu un incendie dans son usine, et maintenant il y a des commandes en attente pour toutes les pièces. Junior a de la chance que sa voiture ait été volée. Il sera probablement plus facile d'avoir une nouvelle voiture que d'obtenir les pièces de remplacement dont il avait besoin.

— Mais il pourrait utiliser les pièces génériques.

Clairement, réparer des voitures était complexe.

Crenshaw roula des yeux.

— Pas Junior. Uniquement le meilleur pour lui.

C'était la deuxième personne à faire des commentaires tout sauf favorables sur Junior, sans compter son frère. Mon monde se mettait sens dessus dessous. Ce que je croyais être vrai ne l'était pas. Les personnes que je croyais gentilles ne l'étaient peut-être pas.

— Vous avez le temps de me rendre un service ? Ou deux ? demanda Crenshaw

Je regardai Precious, qui haussa les épaules comme pour dire « pourquoi pas ? ».

— Bien sûr, dis-je.

Il alla vers la cabine de la dépanneuse et en sortit deux grands sacs en papier marron.

— Pouvez-vous livrer ces sacs à Becca ? Je voulais y aller et voir si elle avait besoin de quoi que ce soit, mais avec tous ces appels qui arrivent, j'ai peur que la nourriture pourrisse avant d'en avoir l'occasion.

Je pris les sacs.

— Oui, nous pouvons nous en occuper sans problème.

Avec un peu de chance, chez Becca, j'aurais des réponses, surtout au sujet de Kevin.

— Et pouvez-vous répandre la nouvelle que, ce vendredi, le Junkie's rouvrira et que nous aurons une autre soirée années 70 pour lever des fonds pour Trina et l'aider à couvrir les frais médicaux et autres ? continua Crenshaw. Vous viendrez, n'est-ce pas ?

Nous hochâmes toutes les deux la tête.

— Je vais m'assurer de le dire à tous ceux que je connais, affirmai-je.

Il nous lança un sourire carnassier.

— Peut-être que Bigfoot reviendra chercher des pneus pour se faire des chaises qui aillent avec sa table en capot.

Precious serra les mains, excitée.

— Oh, je l'espère vraiment.

CHAPITRE NEUF

Nous roulâmes jusque chez Becca en silence. Precious regardait fixement la photo de Bigfoot tout en l'inspectant sous différents angles.

Quand nous nous arrêtâmes chez Mme Trina, une vieille voiture de sport rouillée était garée dans l'allée. À côté d'elle se trouvait une Toyota Camry avec un autocollant de voiture de location sur son pare-chocs.

— J'espère que nous ne nous imposons pas, dit Precious.

— Nous allons déposer la nourriture et tâter le terrain.

Je pris les sacs de courses et en tendis un à Precious, gardant l'autre.

La porte d'entrée s'ouvrit brusquement avant que nous ne puissions frapper. Un homme à l'air sérieux avec des traits anguleux se tenait devant nous. Il portait un costume froissé et avait une mallette à la main.

— Excusez-moi, nous dit-il.

Il ne bougea pas, mais nous fit signe de nous écarter. Il semblait irrité.

Je me rapprochai de Precious pour lui permettre d'avancer. Il passa à côté de nous et marmonna quelque chose que j'espérais être des excuses.

Becca était derrière lui. Ses yeux étaient rougis et gonflés de nouvelles larmes.

— Est-ce que c'est ta mère ? Est-ce qu'elle va bien ?

Je craignais que Mme Trina ne soit pas encore tirée d'affaire.

Becca tamponna un mouchoir sur ses yeux.

— Chaque jour c'est de mal en pis.

Elle nous fit signe d'entrer.

Nous portâmes les sacs dans la cuisine et commençâmes à les vider.

La maison Holland était petite mais chaleureuse et cosy. La pièce cuisine-salle à manger jouxtait la salle de séjour. Un couloir menait à l'arrière de la maison où je présumais que se trouvaient les chambres et la salle de bains.

— Y a-t-il quoi que ce soit que nous puissions faire pour t'aider ? demandai-je.

Je déballai plusieurs paquets d'Oreo. Apparemment, Crenshaw accordait du crédit à la croyance qu'un biscuit pouvait tout arranger.

Becca tenait un paquet de biscuits, l'air étonné.

— Tout vient de Crenshaw, expliquai-je.

Becca s'écroula sur une chaise et hocha la tête.

— Ça explique les Oreo. Il sait que c'était mes préférés avant.

Precious pointa du doigt la porte d'entrée derrière elle.

— Qui était-ce ?

De nouvelles larmes montèrent aux yeux de Becca.

— En plus de tout ça avec maman, maintenant je dois gérer des trucs de papa aussi.

Je lui tendis un paquet de Double Oreo.

— « Des trucs de papa » ?

— Ce gars était un représentant de la société de papa. Étrangement ils n'ont jamais été informés que papa était mort.

Elle prit deux biscuits et les tritura, retirant le dessus.

— Mince, dit Precious. Comme si tu pouvais t'occuper de ça pendant que ta mère est à l'hôpital. Par respect, sa société devrait attendre que vous soyez remises avant.

— Apparemment, quelqu'un utilise l'autorité d'agent d'assurances de papa et valide des déclarations, révéla Becca. Sa société pense que son identité a été volée.

— La vache ! dis-je en prenant un Oreo. J'espère que ça ne sera pas une pagaille de plus à régler pour ta mère. J'ai lu que des sociétés peuvent affecter une personne pour gérer ça. Peut-être que la société de ton père s'en occupera pour elle. Ta mère n'aura pas assez de ses deux mains.

Je déglutis devant mon mauvais choix de mots et espérai que personne ne le remarquerait.

La porte de derrière s'ouvrit brusquement et Kevin Greevey entra dans la cuisine. Il nous lança un regard noir, à Precious et à moi.

— Bon sang, qu'est-ce que vous fichez ici ?

Je pointai les courses du doigt.

— Crenshaw nous a demandé de livrer les courses.

Il pointa la porte du doigt.

— C'est fait. Maintenant, sortez.

Becca soupira et lui demanda :

— As-tu trouvé quelque chose ?

Il secoua la tête.

— Son bureau a l'air intact, et je n'ai pu entrer dans l'ordinateur avec aucun des mots de passe que tu m'as fournis.

— Nous avons pensé que quelqu'un était peut-être entré par effraction dans le bureau de papa, et que c'était comme ça que son identité avait été volée, me dit Becca. Ce n'est pas comme si la grange avait une porte sécurisée.

— Le bureau de ton père est dans la grange ? demanda Precious.

Becca hocha la tête.

— Dans une petite pièce de la grange, alors il n'est pas exactement en évidence.

Kevin continuait de me foudroyer du regard.

Son attitude d'homme en colère commençait à me taper sur les nerfs.

— Quoi ? dis-je. Si quelqu'un te disait m'avoir vue me disputer avec Mme Trina, tu aurais agi différemment ?

— Kevin a l'habitude de servir de bouc émissaire, dit Becca.

— Pour ce que ça vaut, Bob pense que tu es le plus intelligent et le plus topissime mécano et restaurateur à avoir jamais foulé le sol de son atelier, dis-je à Kevin.

— Il n'a pas utilisé le mot « topissime », mais il l'a insinué, dit Precious à voix basse.

Kevin baissa la tête, passant une main sur son visage.

— Kevin est topissime. Il a ouvert son propre atelier et a une liste d'attente pour les voitures qu'il doit restaurer, dit Becca.

— Becs, dit Kevin, rappelle-toi que nous gardons ça secret. Nous ne voulons pas que ma famille le sache.

— Nos lèvres sont scellées, leur assura Precious en faisant semblant de boucler ses lèvres et les miennes.

À ce rythme, j'allais avoir besoin de superglu pour empêcher mon clapet de révéler tous les secrets que je connaissais.

Je fis un geste entre eux deux, puis pointai Kevin du doigt.

— Est-ce pour ça que tu n'étais pas avec Becca à l'étage des soins intensifs ? Tu caches ça à ta famille aussi ?

Becca confirma ma supposition par un hochement de tête.

— Et tu as ton propre atelier ? demandai-je à Kevin.

Il croisa les bras.

— Pour restaurer les voitures classiques et de collection.

Je choisis mes mots suivants avec soin. Kevin s'ouvrait, et je ne voulais pas qu'il se referme.

— Que penses-tu du vol de la voiture de ton frère ? Est-ce que j'ai tort d'être surprise ? Est-ce aussi commun que les autres me le disent ?

Kevin haussa les épaules.

— Ça dépend de la voiture. La Saleen de Junior serait un succès commercial. Et le chauffeur de la dépanneuse qu'il a appelé a une réputation louche. Junior le sait. Ça me pousse à me demander s'il l'a choisi exprès.

— Je sais que Crenshaw avait quitté la ville. Peut-être qu'il n'avait pas le choix, dis-je.

Kevin renifla avec dégoût.

— On a toujours le choix, répondit-il en se frottant les doigts pour indiquer de l'argent. Mon frère est radin. Ça aurait pu être la raison aussi.

Je n'étais pas convaincue.

— J'étais là après qu'il a heurté le chevreuil. Junior était secoué. Je crois plutôt qu'il n'a pas pris le temps de réfléchir à son choix.

Kevin roula des yeux.

— Junior a toujours le bénéfice du doute, tandis que moi...

— Tu ne sers pas ta cause, lâchai-je, frustrée. Tout ce dont nous entendons parler, c'est ce que ton père et ton frère nous disent. Tu n'es pas là pour te défendre.

Mes arguments avaient du mérite.

Mais Kevin ne voulait rien entendre. Il poussa un rire bref et amer.

— Parce que j'ai mieux à faire que de m'inquiéter de ces deux-là et de leur poudre aux yeux. Plus je suis détaché d'eux, mieux je me porte.

— C'est sur ça que lui et maman se disputaient vendredi, dit Becca. Elle lui a dit de rester loin de moi.

Elle regarda Kevin et sourit tristement.

— Que nous sortions ensemble, ça ne la dérangeait pas avant. Mais je suppose qu'elle pensait que ça devenait plus sérieux, alors elle m'a interdit de continuer à le voir. Elle ne m'a jamais donné de raison.

Precious renifla moqueusement.

— Comme si ça avait marché sur la moindre gamine avant.

— Elle a menacé de me jeter dehors, mais elle bluffait, continua Becca. Elle ne peut pas se le permettre. Je l'aide avec ma sœur, et maman aime m'avoir ici. J'ai dit à Kevin qu'elle avait eu une mauvaise journée et de laisser les choses se calmer avant de lui dire quoi que ce soit.

Elle dirigea sa remarque suivante vers Kevin.

— Mais parfois son tempérament l'emporte et il ne peut pas la boucler.

— Par « mauvaise journée », tu entends une journée couci-couça, ou il s'est passé quelque chose de spécifique ? demandai-je.

— Il y a quelques semaines, la société de papa a appelé, j'ai répondu, et ils ont demandé à lui parler. J'ai perdu mon calme. Je leur ai dit qu'il était mort, et que si leur appel était une blague, elle était cruelle. Je les ai accusés de faire une mauvaise plaisanterie et je leur ai raccroché au nez. La fois suivante où ils ont appelé, ils ont eu maman. Le vendredi où le cambriolage s'est produit au Junkie's, nous avons découvert que la société de papa prévoyait de nous en tenir responsables. Maman a perdu la boule.

— Responsables de quoi ? demanda Precious.

Becca haussa les épaules.

— Apparemment, la personne qui a volé son identité récupérait sa paie aussi. La société de papa a ouvert une enquête, répondit-elle en pointant la porte du doigt. C'est le gars qui était là qui va s'en charger.

— Quand ils trouveront la personne qui l'a volée, alors ils porteront plainte et vous pourrez passer à autre chose, dis-je.

Becca éclata en sanglots. Kevin se précipita vers elle et l'étreignit. Becca retrouva son calme assez longtemps pour dire :

— Oui, sauf qu'ils pensent que c'est maman qui a volé son identité.

CHAPITRE DIX

EN SORTANT DE CHEZ BECCA, PRECIOUS ET moi retournâmes chez moi. Je scannai sa photo de Bigfoot et l'enregistrai dans mon ordinateur, pas parce que je voulais une possible photo de Bigfoot, mais parce que je voulais regarder de plus près.

Quelque chose dans les poils sur les jambes me dérangeait. Je fixais la photo quand le téléphone de Precious sonna.

Elle avait retiré ses chaussures et était allongée sur mon canapé.

— Bien, c'est le service d'entretien, dit-elle.

La conversation eut toute mon attention quand je compris qu'elle s'adressait à Junior.

Elle roula des yeux vers moi.

— Oui, je comprends. J'ai besoin d'un nouveau radiateur, et ma voiture sera prête dans quatre jours, dit-elle avant de soupirer. Y a-t-il une chance que tu puisses accélérer les choses ?

Après une longue pause, elle suggéra :

— Est-ce que ça irait plus vite si j'achetais une pièce du fabricant ?

Elle leva le pouce vers moi. Je supposai qu'elle avait posé la question à cause de ce que nous avions appris avec Bob.

Elle me lança un regard de dégoût et pointa le téléphone du doigt.

— Eh bien, c'est comme ça.

Elle soupira, vaincue, et raccrocha.

— Qu'a-t-il dit ? demandai-je.

— Que ma voiture était un tas de ferraille.

— Quoi ? m'exclamai-je. Sérieusement ?

Elle agita la main en l'air.

— De façon détournée, il l'a dit. Quand je lui ai demandé si mettre une pièce du fabricant accélérerait le délai de réparation de ma voiture, il s'est carrément mis à rire. Oh, il a essayé de le dissimuler en feignant de tousser, mais il a dit que ce ne serait pas faire bon usage de mon argent étant donné l'âge de ma voiture.

Elle lança le téléphone sur le canapé.

— En plus, il a évoqué l'incendie récent de l'usine et m'a assuré qu'utiliser une pièce détachée générique serait plus rapide et moins cher.

Comme c'était la deuxième fois que l'incendie de l'usine était mentionné, j'allai rechercher cette histoire sur Internet et parcourus rapidement l'article. Je ne pouvais pas me permettre de m'attarder au moindre mot, alors je cherchai ce que j'appelai des « mots ralentisseurs ». C'étaient les mots essentiels, pas les mots de remplissage comme « le » et « si ». Dans ce cas, les mots ralentisseurs étaient les noms des pièces détachées et la marque et le modèle des voitures impliquées.

— C'est arrivé il y a une semaine, dis-je. L'usine qui a brûlé fabriquait une grande variété de pièces détachées, y compris des radiateurs pour des Mustang, des Taurus, des Focus et des Fusion.

Je tapotai un crayon contre ma lèvre.

— Tu as besoin d'un radiateur. Junior avait besoin d'un radiateur après avoir heurté le chevreuil. Ce qui signifie pas de pièces détachées FEO pour sa voiture haut de gamme.

Elle haussa les épaules.

— Peut-être que je devrais songer au vol de la mienne. Ce serait plus rapide d'obtenir une nouvelle voiture que d'attendre une réparation.

Je continuai à tapoter.

— Sans blague. Surtout que son père possède le magasin où il aime les acheter. On aimerait tous avoir autant de chance.

Precious s'étira sur mon canapé.

— Pratique. Mais quand même, quelle galère. Gérer une voiture volée serait énorme. Je suis sûre que la compagnie d'assurances ferait la difficile.

Aucune des pièces du puzzle ne s'assemblait aux autres.

— Tu dois juste faire réparer ta voiture. Pas de facture à envoyer à l'assurance. Mais si tu avais eu un accident, disons... avais heurté un chevreuil, et que tu avais une voiture haut de gamme, alors Greevey ferait payer ton assurance.

— Et si ma voiture était haut de gamme, alors je voudrais des pièces détachées FEO, ce qui coûte plus cher.

Après une pause, Precious ajouta :

— Et cela ferait monter mes cotisations d'assurance.

— Mais pour Junior, ce n'est pas tellement grave parce que son atelier effectue la réparation, et je suis sûre que la marge est plus large, alors il se met ça dans la poche, dis-je.

Precious émit un « hum » en désaccord.

— Mais se mettre dans la poche le supplément de l'assurance une fois ne va pas contrebalancer l'augmentation mensuelle des cotisations.

— C'est vrai, et tu as besoin de la permission de ta compagnie d'assurances pour avoir droit aux pièces détachées haut de gamme. Bart Holland était le gars qui approuvait les pièces détachées FEO, si j'ai bien compris Becca.

— Et Bart est mort, mais quelqu'un utilise son identité, dit Precious.

— Quelqu'un qui se fait peut-être beaucoup d'argent s'il se met la différence dans la poche.

Mais alors même que je le disais, je n'y croyais pas. Même si Junior empochait la différence, je doutais que le montant soit considérable et trop d'autres éléments étaient hors de son contrôle. Par exemple, qui venait dans son atelier et quelle assurance ils avaient.

— Rien de tout ça n'a de sens, dis-je, frustrée.

Precious se redressa et se frappa le front.

— J'ai laissé toutes mes notes pour mon partiel dans mon coffre.

— Bien, nous allons faire un tour chez Greevey, et peut-être que j'aurai une chance de questionner Junior sur les pièces détachées FEO.

Avant que nous partions, je parlai à papa de ce que nous avions appris. Je mentionnai aussi que les photos de chaque scène étaient actuellement sur mon ordinateur.

Nous roulâmes pendant quinze minutes pour aller chez Greevey en silence. Precious, impatiente que tout ce drame se termine, était en plein mode imagination, ce qui, de l'extérieur, ressemblait à de la méditation et de la respiration profonde.

C'était comme si l'univers savait que nous étions bêtes et que nous avions besoin de signes évidents parce que, lorsque nous arrivâmes, un client était dans le hall des pièces détachées et de l'entretien, à hurler sur Junior. Le client était un homme d'affaires méticuleusement habillé avec des cheveux plaqués en arrière et des ongles qui brillaient en reflétant la lumière du soleil quand il les agitait furieusement devant le visage de Junior. Monsieur Méticuleux avait pratiquement de l'écume aux lèvres de colère.

— Vous avez dit que ce serait prêt en une semaine, et maintenant nous sommes à la fin de la troisième semaine.

L'index de Monsieur Méticuleux se trouvait à un centimètre du nez de Junior.

— Il y a eu un incendie à l'usine. La pièce détachée a été retardée, mais elle a fini par arriver vendredi, et nous la préparons pour votre voiture.

— J'ai bien l'intention de reprendre ma voiture et de l'emmener ailleurs. Si elle n'est pas prête d'ici lundi, je vous poursuivrai en justice. Je suis sûr que je pourrai trouver une négligence ou quelque chose d'illégal ici.

Monsieur Méticuleux lança à Junior un sourire si malfaisant que j'en fus effrayée.

— Vous m'avez déjà donné bien assez d'éléments à utiliser contre vous devant un tribunal, continua-t-il.

Junior fourra les mains dans ses poches, un sourire tranquille sur le visage. Il avait l'air dépité.

— Les erreurs, ça arrive. Nous la rectifions du mieux que nous le pouvons avec les contraintes que nous avons.

C'était le Junior que je connaissais. Monsieur le délégué de classe qui nous avait obtenu des frites au lycée et des chaises capitonnées pour la salle d'étude. Il semblait sincère, dégageant une impression digne de confiance.

Les yeux de Monsieur Méticuleux se plissèrent.

— Lundi. Au plus tard.

Junior hocha la tête.

— Bien sûr. C'est ce que j'ai dit tout à l'heure. J'apprécie votre patience.

Monsieur Méticuleux s'en alla d'un pas rageur, bousculant Junior avec son épaule en passant.

Je le suivis et, dehors, je le rattrapai.

— Excusez-moi, monsieur. Auriez-vous un instant ?

Il se tourna vivement vers moi, sa colère toujours enflammée.

— Quoi ?

— Je... Ah... hum...

Je ne trouvai pas de ruse.

— Vous allez cracher le morceau ou quoi ? Je n'ai pas toute la journée.

Je choisis la première chose qui me vint à l'esprit.

— J'ai vu ce qui s'est passé à l'intérieur, dis-je en indiquant le hall des pièces détachées. Et la voiture de mon amie a été remorquée ici aujourd'hui, mais maintenant je m'inquiète qu'elle ne reçoive pas un service de qualité.

Il me regarda de haut en bas, sa lèvre inférieure retroussée.

— Je doute que vous ayez à vous inquiéter. Je suppose que la voiture de votre amie peut être réparée avec une vieille pièce d'occasion. Mais j'ai une Shelby GT 500 avec le pack Super Snake. Elle est haut de gamme.

Il pensait clairement que j'étais stupide. Je ne savais peut-être pas ce qu'était le pack Super Snake, et je m'en moquais. Mais cela correspondait bien à ce gars, qui était probablement un super serpent lui-même.

— Je suppose que vous voulez des pièces détachées de marque.

Il souffla.

— Seulement le meilleur. Et cet abruti à l'intérieur refile des pièces détachées génériques.

Je hoquetai d'horreur, ce que Monsieur Méticuleux sembla apprécier.

— Comment le savez-vous ?

Deux pièces du puzzle s'assemblèrent.

— Je viens voir cet enfoiré tout le temps. Je suis passé un jour de la semaine dernière et, effectivement, la boîte de pièces détachées était près de la voiture. Vous imaginez ?

J'écarquillai les yeux.

— Vous avez eu de la chance de passer.

Il pointa un doigt vers moi avec un sentiment de colère renouvelé.

— Vous avez sacrément raison. Une gonzesse stupide m'a percuté, et j'ai dû me battre avec sa compagnie d'assurances. Elle ne voulait pas payer. Traverser tout ça et découvrir que cet abruti ne mettait pas la pièce détachée de marque était rageant.

— J'en suis sûre. Mais vous avez rendu ce gars nerveux, dis-je en pointant le bureau de Junior. Je pense qu'il agira correctement maintenant.

Monsieur Méticuleux renifla de dérision.

— Vous, les femmes, vous êtes toutes crédules. Cet escroc volerait les pièces au fond de votre sac à main s'il le pouvait. Ils le feraient tous.

Il lança de nouveau un regard noir pour faire bonne mesure, puis partit en trombe.

D'autres pièces s'assemblèrent. J'appelai Crenshaw et lui demandai s'il avait une Shelby dans sa casse.

Precious arriva derrière moi quelques instants plus tard. Elle avait deux blocs-notes sous le bras.

— J'ai invité Junior au Junkie's vendredi.

— Qu'a-t-il répondu ?

Je regardai vers le hall, cherchant à apercevoir Junior, mais il n'était nulle part.

Elle haussa les épaules avec nonchalance.

— Au début il a inventé une piètre excuse.

Cela me surprit. Si j'avais tort, alors il n'aurait aucune raison d'éviter le Junkie's. Si j'avais raison, alors mon cours de criminologie m'avait appris qu'il n'était pas inhabituel pour un criminel de revenir sur la scène du crime.

Je mis Precious au courant, reliant les faits avec les informations que Monsieur Méticuleux m'avait données. Nous nous fixâmes en silence, elle probablement horrifiée par ses pensées comme je l'étais par les miennes.

— Crois-tu que Junior a fait ça à Mme Trina parce que c'est lui qui utilise l'identité de Bart ? demanda-t-elle.

Je haussai les épaules, sans trop savoir si nous nous faisions des idées invraisemblables ou si nous tenions quelque chose.

— Et si Mme Trina l'avait découvert et l'avait confronté au bar ? Il revient après la fermeture et...

Precious fit comme si elle avait des haut-le-cœur.

— Quoi ? demandai-je en la dirigeant derrière LC, loin de là où Junior pourrait la voir.

Elle se frappa les mains sur les joues.

— Junior a insinué qu'il voulait apprendre à mieux me connaître, et j'ai flirté avec lui. Oh mon Dieu. J'ai flirté avec un fou.

— Je suis sûre que ce ne sera pas le dernier, et, de plus, nous ne savons pas s'il est derrière tout ça. Je ne fais que deviner, spéculer. Est-ce que tu lui as rappelé que le thème était encore les années 70 ?

Elle hocha la tête.

Je sortis mon portable de mon sac et appelai mon père. Precious et moi étions hors de notre élément. Nous n'étions pas des flics. Nous n'étions pas des enquêtrices privées, et étudier pour l'examen ne me rendait pas qualifiée. J'avais pris des photos de scènes de crime une fois (deux si on comptait les différentes scènes), alors je n'étais pas une experte. Et Precious avait arrêté ses cours de travailleuse sociale pour affûter ses talents de coach de vie. Son objectif ? Aider les autres à sortir de leur tête, à visualiser leur succès, et à apprendre comment trouver en eux-mêmes la force de l'atteindre. Si Junior était notre méchant, il n'avait probablement pas besoin d'une coach de vie. Après que j'ai informé papa de tout, il me dit qu'il allait parler au chef Louney.

Je raccrochai, et nous nous fixâmes en silence.

— Je ne pense pas pouvoir simplement rester les bras croisés et attendre, dis-je.

— À quoi penses-tu ?

Je haussai négligemment les épaules.

— Je pense que nous discuterons avec lui vendredi pour voir si nous pouvons le coincer. Peut-être que l'une de nous réussira à préciser son emploi du temps pour voir si c'est vraiment possible que Junior l'ait fait.

Le Junkie's fermait à 2 heures, et Junior avait signalé son accident après 4 heures. En théorie, il avait eu largement le temps d'aller d'un endroit à l'autre, mais il y avait beaucoup de détails inexpliqués. Comme Junior habillé pour le travail et ne s'éloignant pas du Junkie's mais allant dans sa direction.

Precious se frictionnait les bras de haut en bas.

— Toute cette situation me donne la chair de poule.

J'étais on ne peut plus d'accord.

— Si nous avons raison...

Je ne pouvais pas terminer cette phrase. C'était trop affreux.

Precious fit tourner une mèche de cheveux nerveusement.

— Si nous nous trompons...

J'ouvris brusquement la portière.

— Je préférerais me tromper et être considérée comme une fouineuse ou une folle qu'avoir raison et ne rien faire au sujet de Junior. Surtout s'il escroque des gens, s'il a volé l'identité d'un mort, cambriolé Crenshaw et Graycloud, et attaché une femme qu'il a connue toute sa vie.

Precious inspira brusquement et expira lentement.

— Et percuté la voiture de cette femme, ce qui l'a heurtée, et maintenant elle a perdu sa main et une partie de son bras.

Je fermai les yeux et me rappelai les réactions de Junior quand l'appel était arrivé par le micro sur l'épaule de Rawlings et de Leo.

— Si tout ça est vrai, je pense pouvoir dire en toute honnêteté que je ne crois pas que Junior savait qu'il l'avait percutée. Il semblait aussi choqué que nous quand l'appel est arrivé.

Mes paroles planèrent entre nous, et je fus frappée par une prise de conscience qui laissa un goût amer de trahison dans ma bouche.

— À moins qu'il n'ait fait semblant. Et si c'est le cas, je ne sais plus quoi penser des gens. De l'humanité.

CHAPITRE ONZE

V ENDREDI ARRIVA TROP VITE À MON GOÛT.
Papa faisait des recherches, essayant de comprendre. Il avait une partie de poker prévue pour la soirée et il soumettrait tout au chef Louney autour des cartes et d'une bière. J'étais contente que Precious et moi ayons fait un plan séparé, parce que tout le monde allait trop lentement à mon avis.

Precious portait une robe bleu vif en polyester avec des fleurs géantes et abstraites jaunes et orange. Sa robe était si courte qu'elle portait son ancien short de danse de pom-pom girl en dessous. Des bottes en vinyle blanc remontaient jusqu'à ses genoux et complétaient sa tenue. Ses cheveux étaient relevés en arrière par un large bandeau, formant une coiffure bouffante derrière. Elle avait l'air stylée.

J'avais choisi un ensemble simple avec un pantalon pattes d'eph à rayures ocre et des chaussures à semelles compensées. J'avais coiffé mes cheveux en grosses boucles et les avais laissés lâchés. J'avais du spray au poivre dans ma poche, juste au cas où. Mon appareil photo était dans LC pour la même raison. Même si j'étais sûre que je ne voulais utiliser aucun des deux.

Il était tard dans la soirée quand nous arrivâmes. Le Junkie's était animé. Une bannière annonçant la cause était pendue à travers le bar, et Becca faisait des tournées de remerciement dans une salle comble. De la musique disco pulsait dans l'air pendant que Crenshaw et une femme à l'air de bûcheronne du nom de Lindy – que je devinais être son amie de Seattle – s'activaient derrière le bar.

À partir de là, je n'avais pas de plan B. Celui d'origine était de faire parler Junior. Peut-être qu'il se piégerait tout seul. Mais avec la musique, parler était trop difficile. Et Junior n'agissait pas bizarrement. Pas comme j'imaginais que le ferait quelqu'un n'ayant pas la conscience tranquille. Mais peut-être qu'il était expérimenté et n'y réfléchissait pas à deux fois en commettant un crime.

Ou peut-être que je me trompais complètement dans mes soupçons. Mais c'était improbable. Particulièrement quand Crenshaw m'avait dit qu'il avait bien une Shelby GT de 2008 à laquelle il manquait l'arrière dans la casse. Il ne pouvait pas dire avec certitude si l'aile avait été volée, mais elle n'était indéniablement plus sur la voiture dans la casse.

Plus nous nous rapprochions de l'heure de fermeture, plus la foule diminuait.

Junior avait coincé Precious près de la table des hors-d'œuvre. Il avait le profil des années 70 avec ses cheveux blonds effilés coiffés en arrière, sa chemise blanche ouverte jusqu'au nombril, et de lourdes chaînes en or autour du cou. Son pantalon écossais était enfoncé dans des bottes noires poilues. La fausse fourrure de chèvre était emmêlée par endroits. *Beurk,* les goûts de Junior étaient répugnants.

Je m'avançai vers eux. L'idée d'essayer de le piéger était un fiasco. Partir était ma nouvelle priorité.

— Hé, criai-je par-dessus la musique. Désolée de vous interrompre, mais je commence à avoir mal à la tête. Est-ce que tu es prête ? demandai-je à Precious.

— Oui, répondit-elle avec un sourire joyeux. Cette soirée a été très amusante. Merci, Junior, pour ta compagnie.

Elle me regarda.

— Est-ce que tu savais que Junior a trouvé ces bottes en Italie quand il est allé visiter l'usine Lamborghini l'année dernière ?

Junior me fit face, le pouce passé sous ses colliers.

— Ça aussi, c'est donné, l'or, là-bas.

— C'est bon à savoir, criai-je.

Une seconde plus tard, trois hommes entrèrent en trombe dans le bar. L'un arracha la prise du juke-box du mur, faisant instantanément retomber le silence. La boule à facettes continuait à tourner.

Les nouveaux venus étaient habillés tout de noir, sauf que chacun portait un masque de super-héros et avait un très gros flingue. Tellement gros qu'ils les avaient accrochés avec des lanières passant sur leurs corps.

— Tout le monde se couche par terre, cria Batman alors qu'il agitait son flingue en l'air.

Hulk fit faire le tour du bar à Crenshaw et Lindy vers l'endroit où le reste d'entre nous était rassemblé.

— J'ai dit « par terre » ! rugit Batman. Les mains derrière la tête.

Nous nous allongeâmes tous sur le sol et fîmes ce qu'il nous demandait, moi entre Precious et Junior. Crenshaw était à l'extrémité gauche par rapport à nous. Sur la droite se trouvaient trois gars que je ne connaissais pas car ils avaient plus de quatre ans d'avance sur moi à l'école.

— Personne ne fait rien de stupide, et tout le monde ira bien, dit Batman en se promenant entre nous. Nous sommes là pour l'argent.

— Et pour mettre les choses au clair, dit Iron Man alors qu'il gardait la porte. Un frimeur se fait passer pour nous et nous donne une mauvaise image.

Hulk se tenait derrière le comptoir, plaçant l'argent dans une taie d'oreiller.

— Ce frimeur pourrait être B-B-Bigfoot, dit Precious.

Personne ne bougea pendant une seconde. Je grognai. Quand Precious devenait nerveuse, elle butait sur les mots et bégayait.

— Qu'as-tu dit ? lui demanda Iron Man.

— Certaines personnes pensent que c'était B-Bigfoot qui a cambriolé cet endroit la semaine dernière.

Elle leva les yeux, les mains toujours serrées derrière la tête.

— J'espérais un p-p-peu que ce soit vrai.

Il y eut quelques rires étouffés derrière les masques. Batman continuait à marcher autour de nous. À son troisième tour, il s'arrêta devant Junior.

— Lève-toi, dit-il en pointant son pistolet vers Junior.

Celui-ci obtempéra. Batman fit un geste vers ses bottes et regarda Iron Man.

— Mec, est-ce que tu t'es vu dans un miroir avant de quitter la maison pour venir ici ? demanda Iron Man en s'approchant.

— C'est la soirée années 70, répondit Junior.

Iron Man indiqua ses bottes.

— Et qu'est-ce que c'est que ça ?

Il dirigea son arme vers Precious.

— C'est ta meuf ? Tu portes ces bottes parce que c'est une fétichiste de Bigfoot ? demanda Iron Man en reniflant moqueusement. Elle est canon, mais je ne porterais ces bottes pour aucune nana.

Je dirigeai mon regard sur le côté pour regarder les bottes de Junior. L'éclair de la boule à facettes était suffisamment lumineux pour projeter une ombre de telle manière que la masse emmêlée, sous cet angle, ressemblait à des poils. Une révélation explosa dans ma tête. Je n'avais besoin d'aucun aveu de Junior. J'avais la confirmation que je recherchais.

Je me tournai, veiller à garder les mains à l'arrière de ma tête.

— Comment as-tu osé ? Tu devrais avoir honte, dis-je à Junior.

Iron Man regarda entre Junior et moi.

— Quoi ? C'est ta nana ? Est-ce que je viens de te faire pincer, l'homme aux bottes de nana ?

— Non, dis-je. C'est le gars qui s'est fait passer pour vous la semaine dernière et a cambriolé cet endroit.

— Tais-toi, Samantha, dit Junior en me jetant un regard agacé.

Ça me rappelait le regard que les professeurs me lançaient quand je n'arrivais pas à lire le texte qu'ils voulaient.

— Quoi ? dirent Iron Man et Crenshaw en même temps.

— Les bottes, dis-je, dégoûtée. Regardez les bottes. Étant donné la caméra en noir et blanc, la poussière sur l'objectif, le vent de cette nuit-là, et l'angle de la caméra, les bottes de Junior avaient l'air de jambes poilues.

— Oh, purée. Je voulais vraiment que ce soit Bigfoot, dit Precious, déçue.

— Junior a volé la pièce détachée sur la Shelby parce qu'il savait que son client pouvait et voudrait lui causer des problèmes, dis-je. Il s'est fait prendre à essayer de mettre des pièces détachées génériques sur la voiture du gars alors qu'il lui facturait des pièces détachées FEO.

— Fabricant d'équipement d'origine. C'est les pièces détachées de marque pour les voitures, dit Precious pour le reste de la pièce.

Batman se joignit à Iron Man.

— Ce n'est pas vrai, dit Junior dédaigneusement. Elle invente tout ça.

Il fit tourner son doigt contre sa tête, signe universel de la folie.

Je bouillonnai.

— Tu as surpris Mme Trina à la fermeture. Tu as cambriolé la boîte pour couvrir tes traces parce que tu en avais en fait après la pièce déta-chée. En plus, tu utilises l'identité de Bart Holland pour approuver des pièces détachées FEO pour des clients qui ne les ont pas demandées, n'est-ce pas ? Et tu gardes l'argent. Mais pourquoi cambrioler cet endroit ? Pourquoi ne pas attendre que Mme Trina s'en aille ?

Maintenant, j'avais l'attention de la salle.

— Parce que les caméras à l'extérieur pointent vers les entrées de la casse et légèrement au-delà. Mais, dit Crenshaw en désignant une porte à l'arrière du bar, elle donne sur la casse et il n'y a pas de caméra postée là. J'en ai quelques-unes derrière qui sont dirigées vers la casse, mais le champ de vision est inégal. C'est facile de s'y déplacer sans se faire prendre par une caméra. Mais pour sortir de la casse et ne pas être vu, il devait repasser par *cette* porte.

Il pointa le doigt vers la porte pour insister davantage.

L'expression de Junior était un masque de calme, mais de ma position sur le sol, je le vis serrer plusieurs fois les poings.

— Sale enfoiré, dit Iron Man à Junior. Pour-quoi est-ce que tu voles là où tu vis ? Règle nu-méro un : on ne chie pas là où on mange.

— Ni là où on dort, ajouta Batman.

Junior se pencha vers les criminels masqués.

— Je vous assure, dit-il en aparté, elle est cin-glée. Pas très vive, si vous voyez ce que je veux dire.

Il me lança un regard plein de menaces.

Mais je n'étais pas une dégonflée.

Junior n'avait pas fait ça seul, et cette information insaisissable me rongeait.

— Qui t'a aidé ? Était-ce un mécano de l'atelier ? Tu n'as pas fait ça tout seul. Deux personnes ont cambriolé le *diner* de Graycloud. Deux personnes devaient faire ce boulot aussi. Tu n'aurais pas pu transporter cette pièce détachée tout seul.

Junior me donna un coup de pied, mais Batman l'empêcha de retenter sa chance.

— Tu penses être tellement maligne, mais tu ne sais rien.

Il se tourna vers les super-héros qui se tenaient devant lui, et comme si on avait appuyé sur un bouton, il passa en mode grand charmeur. Le genre qu'un homme utilisait avec un autre quand il insinuait qu'ils avaient des choses en commun.

— Je m'excuse de vous avoir utilisés comme couverture, mais avec un peu de chance vous comprendrez. Cette occasion était trop importante pour la laisser passer, et j'ai essentiellement fait d'une pierre deux coups.

— Tu es affreux, dis-je. Mme Trina a perdu son bras à cause de ce que tu as fait.

Hulk revint en faisant le tour du bar et leva la taie d'oreiller.

— Nous sommes prêts. Fichons le camp.

— Laissez-moi partir, dit Junior. J'ai besoin d'une avance sur les flics. Vous comprenez ce que je veux dire.

— Tu penses que tu es comme nous ? demanda Iron Man.

Junior haussa les épaules.

— Nous sommes tous les deux entrepreneurs. Je me trompe ?

Batman lança quelques bagues gadgets en plastique sur le sol. Une page de comics flotta avant d'atterrir à trente centimètres de moi. Tout comme papa l'avait dit.

— Mec, c'est notre truc, dit Iron Man. Notre mode opératoire. Tu as donné une mauvaise image de nous. Tu nous as donné l'air d'être des amateurs. Je ne me sens pas enclin à la générosité.

— Vous ne le regretterez pas, dit Junior aux super-héros en faisant cliqueter ses colliers.

— Excusez-moi, messieurs les Bandits de Comics, mais je suis le propriétaire de cet établissement, dit Crenshaw. Trina n'est pas seulement mon amie, mais aussi mon employée. Si vous n'éprouvez pas vraiment de pitié pour lui, peut-être que vous pourriez en ressentir un peu pour l'homme qui a été cambriolé deux fois en deux semaines. Laissez Junior derrière vous et laissez-moi m'occuper de lui. J'ai un lot de chaînes à l'arrière de mon pick-up dehors qui n'attendent que lui.

Junior laissa retomber ses colliers entre ses doigts.

— Je vous les donnerai tous pour commencer.

— Il m'a dit qu'il les avait eus en Italie pour trois fois rien, dis-je. Je parie qu'ils sont faux. Est-ce que l'accident avec le chevreuil était faux aussi ? Comment as-tu réussi à donner l'impression qu'il avait heurté ta voiture ?

Junior réprima un rire.

— Une coïncidence. Ou la malchance. Ça dépend comment on voit ça. Si j'avais attendu de partir pour le travail à l'heure habituelle, je n'aurais jamais heurté ce chevreuil. Mais j'ai inversé cette malchance quand ma voiture a été volée. Donc, tu ne peux rien prouver. Il n'y a aucune preuve contre moi, et je serai parti longtemps avant que ces flics de sitcom décident de m'interroger.

Ce fut à mon tour de pousser un rire désobligeant.

— Tu vas te faire prendre. Tu sais comment je le sais ? Tu es négligent, dis-je avant de pointer les trois gars masqués du doigt. Mais eux, ils ne sont pas négligents. Le chef Louney savait par la scène au *diner* de Graycloud que nous avions affaire à un imitateur. Ici aussi. Même mon père savait que c'était une mise en scène, et il attend simplement le feu vert avant de rendre ça public. Ce n'était qu'une question de temps avant qu'ils ne comprennent que c'était toi.

Batman se déplaça pour se poster devant moi, son pistolet le long de sa jambe.

— Qui est ton père ?

— Il possède le journal local. C'est un reporter.

Derrière la bouche en plastique du masque de Batman, le type sourit.

— Excellent.

Je ramenai mon attention sur Junior.

— Et si le chef Louney ne peut pas rassembler les pièces du puzzle, tu sais que mon père le peut. Il a mis la ligue de football à genoux, aucun escroc de pièces détachées à deux balles ne se montrera plus malin que lui. Vas-y, fuis, Junior, mais tu passeras la moitié de ton temps à regarder par-dessus ton épaule.

La colère coulait dans mes veines. De la colère pour Mme Trina, et Becca, et tout ce qu'elles avaient perdu et subi.

— Et Mme Trina obtiendra justice au tribunal, et elle te verra payer pour tout ce que tu as fait.

Junior sourit, jeta la tête en arrière et éclata d'un grand rire. Il se calma un instant plus tard et me fixa avec des yeux sombres et sans âme.

— Tu croyais que mon partenaire c'était qui ? Hein ? Un gars avec qui nous sommes allés au lycée ? Non, c'était l'irréprochable cantinière, Mme Trina elle-même.

Tout ce que je croyais de mon monde et des gens qui y vivaient explosa alors que mon cerveau digérait ce qu'il avait dit. La naïveté qui provenait du fait d'être ignorante du côté plus sordide de la vie avait disparu. Ce n'était pas une série télé fictive. Les gens que je connaissais et à qui je faisais confiance s'étaient montrés sous leur vrai jour. Je voulais terriblement que Junior soit un menteur.

— Gros, c'est déjanté ! dit Hulk. Cette taie d'oreiller était une levée de fonds pour cette Mme Trina, et Chaînes en Or et Bottes Poilues ici présent est en train de nous dire qu'elle était sa complice.

Il poussa un rire bref.

— C'est trop drôle. Je suppose que je ne me sens plus aussi mal de prendre son argent maintenant.

Batman regarda fixement Junior.

— Tu as laissé quelqu'un derrière toi. Un blessé ? Ou une blessée dans ce cas précis.

— Il l'a blessée, signalai-je. Il était tellement pressé de fuir qu'il a heurté sa voiture, et la force du choc a poussé sa voiture contre sa main. Il aurait pu la tuer.

Junior haussa les épaules.

— J'ai fait ce que j'avais à faire.

— Attachez-les, dit Batman. Sauf Junior ici présent. Il vient avec nous.

CHAPITRE DOUZE

Ils nous attachèrent par paires. J'avais le dos contre celui de Precious, nos mains retenues derrière nous, se touchant. Crenshaw et Lindy furent ligotés ensemble, et comme nous étions en nombre impair, les trois dernières se retrouvèrent ensemble, pieds et poings liés. Ils nous bandèrent les yeux et, devinai-je, éteignirent les lumières parce que tout sombra dans le noir. Les seuls éclairs de lumière que je pouvais discerner derrière le tissu me couvrant les yeux étaient des éclats bleus, verts et rouges. La boule à facettes.

Puis, comme si être braquée et découvrir que Mme Trina avait pu être la complice de Junior n'était pas assez horrible, les Bandits de Comics firent monter la peur d'un cran. Ils allumèrent ce qui ressemblait à un minuteur à l'ancienne. Ils nous ordonnèrent de ne pas bouger jusqu'à ce que le minuteur sonne. Ou sinon...

Le tic-tac du minuteur était perturbant. Et si c'était plus qu'un minuteur ? Et s'il était attaché à quelque chose, comme ces bâtons de dynamite auxquels le Coyote se retrouvait toujours à faire face avec le Bip Bip ? Papa n'avait pas mentionné cette info. Puisqu'aucun autre endroit qu'ils avaient cambriolé n'avait explosé, je pouvais présumer que nous étions en sécurité. Mais...

Impossible que j'attende de le découvrir. Avec les criminels, c'était l'escalade. C'était un fait connu et on en parlait toujours dans les documentaires criminels. Ils étaient en colère que Junior salisse leur réputation. Peut-être que cela les avait poussés à bout.

— Je suis vraiment contente de porter ce short de danse, dit Precious. Sinon je me sentirais exposée.

— Pas que qui que ce soit puisse voir, lui rappelai-je.

Je lui avais demandé d'essayer de se lever avec moi. En cet instant, nous étions toutes les deux accroupies bizarrement, nous poussant mutuellement pour prendre appui l'une sur l'autre. Mais la tâche était difficile car la gravité ne cessait de nous tirer sur le côté alors cela nous faisait pencher et nous devions corriger constamment notre position.

Ça, et mes stupides chaussures qui glissaient sur le sol.

— Et si quelqu'un est dans la salle et nous regarde ? Il peut voir, dit-elle.

— Alors je suis sûre qu'il aurait éclaté de rire depuis le temps.

Nous étions tombées deux fois sur le côté et nous nous étions tortillées comme des poissons hors de l'eau pendant cinq bonnes minutes avant de pouvoir nous redresser.

— Mes cuisses me brûlent, dit-elle.

Les miennes étaient en feu. Liées comme nous l'étions, elle me transmettait ses tremblements.

J'inspirai profondément et expirai.

— Prête ? À trois. Un. Deux. Trois.

Nous poussâmes et fîmes un effort, nous ajustant constamment.

— Qu'avez-vous prévu de faire une fois que vous serez debout, les aveugles ? demanda un des mecs.

Precious et moi chancelâmes et surréagîmes, ce qui se traduisit par nos têtes qui se heurtèrent. Nous criâmes simultanément, mais en continuant à essayer de nous redresser. Finalement, nous étions debout.

— Nous sommes debout, hein ? demanda-t-elle.

— Je le pense. On dirait, répondis-je.

La corde était détendue, comme si elle pouvait tomber, mais ne le faisait pas.

— À quoi la corde est accrochée ? demandai-je.

Precious grogna.

— Cette position avec les mains derrière le dos tire mes épaules en arrière et pousse mes... tu-sais-quoi en avant.

Elle se racla la gorge.

— La corde est coincée sur tes seins ?

J'étais incrédule.

— Il semblerait, me répondit-elle à voix basse.

Je me mis à rire. Fort. Jusqu'à ce que des larmes roulent sur mon visage. Precious avait adopté sa taille de poitrine à la minute où elle avait reçu de l'attention avec au collège. Elle ne se plaignait jamais quand elle était pom-pom girl ou qu'elle devait courir en EPS. Elle était toujours le genre de personne à voir le verre à moitié plein.

Je me calmai enfin.

— Je n'aurais jamais cru voir le jour où ta poitrine nous empêcherait d'être libres. Si ce minuteur se déclenche et est suivi par quelque chose d'affreux, nous serons mortes parce que tes seins nous auront tuées.

Je pouffai.

— Ce n'est pas drôle, dit-elle.

— C'est vraiment drôle, la contredis-je. En ce moment, je suis heureuse que les miens tiennent dans une main. Je ne les dénigrerai plus jamais.

Elle soupira.

— J'ai une idée, mais je pense que tu vas la détester.

— Balance-la. Qu'avons-nous à perdre ?

C'était étrange d'avoir une conversation avec elle, dos tourné, sans rien d'autre que des éclairs de lumière par intermittence.

— Tu te souviens avec les pom-pom girls, quand nous faisions des acrobaties et que je retournais quelqu'un sur mon dos ? demanda Precious.

— Non.

Elle souffla de frustration et tapa du pied.

— Qu'est-ce que tu veux dire, « non » ? Qu'est-ce que tu regardais pendant tous ces matchs ?

Je me raidis.

— Pas toi ! J'étais occupée à regarder mon bâton, espérant l'attraper et ne frapper personne avec.

Être une majorette avait été une période follement stressante.

Le ton de Precious était lourd d'agacement.

— Après l'annulation du programme des majorettes, qu'est-ce que tu regardais ?

— Les joueurs de football américain et le match, répondis-je. Sans déc. Continue. Quel est ton plan ?

Un instant de silence passa. Precious boudait probablement.

— Nous allons sûrement encore finir par terre.

— Quel est le plan ? dis-je entre mes dents serrées.

— Oh, c'est bon. Je pensais que j'allais me pencher en avant, avec toi sur mon dos, et me dandiner pour faire descendre la corde.

Mon esprit refusait de créer cette image.

— Tu penses pouvoir te dandiner avec moi sur ton dos ?

— Je savais que ça ne te plairait pas.

— Tu ne peux pas les rentrer ?

Oui, nous allions encore finir par terre.

— J'aimerais voir ça, dit un des gars.

— Ils ne sont pas gonflables ou dégonflables, dit Precious. Je ne peux pas en laisser sortir l'air.

— Ce serait vraiment génial, dit un autre gars, et lui et ses amis commencèrent à rire. Ça donne un tout nouveau sens au mot « airbag ».

— Taisez-vous, dîmes Precious et moi à l'unisson.

Tic, tic, tic.

— Les filles, concentrez-vous, dit Crenshaw. Essayez quelque chose. N'importe quoi.

Je la tapotai avec les mains.

— D'accord. Fais défiler le compte à rebours pour que je me tienne prête.

Nous inspirâmes toutes deux profondément.

— Visualise notre succès, dit-elle.

— Je vais visualiser le fait de ne pas tomber sur la tête, marmonnai-je.

— Trois. Deux. Un.

Elle me fit doucement faire un pont sans les mains. Lentement et régulièrement. Notre équilibre était précaire avec nos mains dans le dos. J'imitai une nouille. Molle.

— C'est maintenant que vient la partie difficile, haleta-t-elle.

— Attends, fais rouler tes épaules d'abord. Essaie ça.

La corde s'était légèrement déplacée vers le bas, et j'espérais éviter le dandinement.

Quand elle joua des épaules, les cordes autour de moi se tendirent sur ma taille, puis glissèrent un petit peu.

Precious émit un léger hoquet.

— Voici le plan. Je vais me redresser rapidement. Je pense que lorsque je le ferai, les cordes tomberont. Elles sont juste à... euh... au bout.

— Je suis prête, dis-je.

Quelques secondes plus tard, je me déplaçais dans les airs, propulsée en avant. L'instinct voulait que je tende les mains, mais je ne pouvais pas. La corde glissa davantage, et alors que mon nez passait au-dessus de mes orteils, les cordes glissèrent par terre.

Mon problème suivant était ma trajectoire,

alors que l'élan me poussait aveuglément en avant vers une destination inconnue.

Apparemment, la corde s'était amassée à nos pieds, et l'un des miens se prit dedans, me faisant trébucher. Craignant de plonger vers le sol, je me tournai à la dernière seconde, atterrissant sur mon côté gauche.

CLAC !

Le son résonna à travers la pièce.

Je criai de douleur.

— Qu'est-ce que c'était ? demanda Crenshaw.

Je grognai.

— Moi qui suis tombée. Et je pense que je me suis cassé la clavicule.

L'angle gênant de l'os, une partie remontant en direction de mon visage, m'assurait que mon évaluation était exacte.

— Sam, que dois-je faire maintenant ? demanda Precious.

Nous étions libérées l'une de l'autre, mais nos mains étaient toujours attachées et nos bandeaux en place. Je serrai les dents sous une vague de douleur.

— Peux-tu me rejoindre ? demandai-je. Peut-être que si tu mets derrière moi, je pourrai retirer ton bandeau.

Me lever n'était pas une option. La douleur me traversait le flanc et anéantissait tout désir de bouger.

— D'accord, dit-elle. Marco ?

— Polo, répondis-je, la voix tremblante.

Precious avança vers moi d'un pas traînant pendant que nous jouions à ce jeu. Quand elle me trouva en me donnant accidentellement un coup de pied dans la jambe, je criai de douleur. Tout mon corps bourdonnait de souffrance.

— Fais attention, dis-je. La douleur est insoutenable.

Elle s'activa autour de moi comme un chien essayant de trouver une friandise dissimulée. Mes doigts s'emmêlèrent dans ses cheveux pendant que je cherchais le tissu du bandeau, mais chaque fois que je serrais les doigts, une explosion de douleur remontait le long de mon bras. Finalement, je réussis à l'enlever.

— Oh, grâce au ciel, dit Precious.

— Il est retiré ? demanda Crenshaw.

— Oui, répondit Precious.

Quelques instants plus tard, ses mains chatouillèrent mon visage, puis le bandeau fut dégagé. Elle fit le tour et me sourit, ses dents étincelant dans la lumière disco tournoyante.

— Le minuteur, dis-je.

Elle se leva et chercha le minuteur.

— Il n'est attaché à rien. C'est un minuteur œuf ordinaire.

Un soupir collectif nous échappa à tous. Ensuite, Precious éteignit la boule à facettes et alluma les lumières. La vie commençait à sembler... encourageante. D'abord, je voulais m'assurer que nous étions tous en sécurité. Je m'inquiéterais de Junior et de ses accusations plus tard. Il était difficile de croie que Mme Trina puisse être impliquée. Qu'est-ce qui faisait qu'une personne prenait un virage et tournait mal ?

Les mains toujours attachées, Precious entreprit de retirer le bandeau de tout le monde.

— Tu appelles la police, Precious ? demanda

Crenshaw. Sur le téléphone sans fil sous le comptoir, tout ce que tu as à faire c'est d'appuyer sur le bouton « ON » et le 1. C'est la numérotation abrégée pour les urgences, le 911.

Precious passa l'appel et demanda une ambulance. Il y avait des larmes dans sa voix. Nous avions probablement tous les larmes aux yeux de soulagement. De grosses gouttes me roulaient sur le visage.

Precious vint vers moi, son visage sillonné de larmes, son mascara noir étalé.

— Est-ce que tu vas bien ? Est-ce que je dois te déplacer ?

— Non, répondis-je. Peux-tu ouvrir la porte ? C'est étouffant là-dedans.

La douleur me donnait le tournis.

Precious ouvrit la porte vers l'extérieur puis hoqueta.

— Junior est dehors attaché à un poteau. Il a un panneau qui pend à son cou qui dit : « Ce lâche a laissé un homme derrière lui. ». Et il est nu.

CHAPITRE TREIZE

La civière dans l'ambulance était plus que confortable, ou peut-être que c'était l'anti-douleur qu'on m'avait injecté par intraveineuse qui me détendait.

À l'extérieur, le chef Louney donnait ses instructions à son équipe. Boyd Bartell, le photographe de scène de crimes habituel, prenait méticuleusement des photos entre deux pauses pour essuyer son front avec un mouchoir. Plusieurs gros projecteurs Paladin étaient installés autour du périmètre, rendant la scène aussi lumineuse qu'en plein jour.

Junior n'avait pas encore été délivré, mais il avait arrêté de proclamer son innocence quand Crenshaw s'était penché et lui avait chuchoté quelque chose à l'oreille. Papa circulait, interviewant les gens.

Precious grimpa dans l'ambulance et s'assit sur le banc près de la civière.

— Je suis désolée, dit-elle.

Je fixais mes doigts, m'émerveillant de la manière dont ils se brouillaient quand je les remuais.

— Pourquoi ?

— Pour ta clavicule cassée. C'est mon idée qui a mené à ça, répondit-elle en agitant la main vers mon bras en écharpe.

— Nous sommes libres grâce à ton idée.

Je lui montrai la main de mon bras intact.

— Regarde. Quand je les bouge vraiment vite, ils deviennent flous, dis-je en ouvrant et fermant les doigts. Cool, hein ?

Elle gloussa.

— Hum, je pense qu'ils ne sont flous que pour toi.

J'écarquillai les yeux.

— Tu crois ? C'est cool.

— Je pense que ce sont les médicaments qu'ils t'ont donnés.

— Oh, dis-je en pointant du doigt l'extérieur de l'ambulance. Ils déplacent Junior.

Leo aidait Junior à se lever. Il drapa une couverture autour de lui.

— C'est un soulagement, dis-je. Je *ne voulais pas* voir son derrière.

Precious renifla moqueusement.

— Ni quoi que ce soit à l'avant.

— Ça non plus.

Ce fut à ce moment-là que je remarquai que Junior portait toujours ses bottes.

— Je suis désolée que ton Bigfoot se soit avéré être ce neuneu, continuai-je en pointant le doigt en direction de Junior.

Precious soupira.

— Moi aussi.

— Peut-être que tu devrais penser à te lier à un groupe de... fans avec les mêmes centres d'intérêt.

L'idée avait surgi de nulle part mais me semblait bonne. D'après l'expression sur le visage de Precious, elle lui plaisait aussi.

— Je pourrais bien le faire, répondit-elle en touchant gentiment l'écharpe. Tu n'es pas en colère contre moi, n'est-ce pas ?

Je m'affaissai contre le dossier de la civière et souris.

— Non.

— Hé, Sammy, dit papa, se tenant devant l'ambulance. Comment va ma fille ?

— Je me sens bien, papounet.

Papa émit un petit rire.

— Les médicaments font effet, hein ? Tu ne sens pas de douleur ?

— Oh, mon épaule me tue, mais ces médocs font que je m'en fiche. C'est merveilleux.

— Ta mère est inquiète, dit papa. Elle nous retrouvera à l'hôpital dès que tu auras donné le signal du départ au conducteur.

Je secouai la tête.

— Je ne peux pas partir avant de connaître la vérité, répondis-je avant de baisser la voix pour chuchoter. Junior a dit des choses affreuses sur Mme Trina. Je ne pense pas que ce soit vrai.

Papa monta à l'arrière et s'assit sur le banc à côté de Precious.

— Je suis désolé de te dire que c'est probablement vrai.

Papa baissa brièvement la tête et soupira. Quand il leva les yeux, il avait l'air triste. Ou peut-être déçu.

— À la soirée poker... Bon sang, je suppose

que c'était hier puisqu'il est maintenant 3 heures du matin. Louney nous a confié que l'employeur de Bart Holland, AllCover Insurance, l'avait contacté au sujet d'un vol d'identité et d'un possible blanchiment d'argent. Il a envoyé Rawlings questionner Trina. Elle ne s'est pas encore mise à table, mais avec ce qu'elle a dit et ce que nous avons découvert ici, voici ce qui s'est passé, selon nous.

Il passa la main sur son visage avant de continuer :

— D'après Trina, Bart Holland est mort sans assurance vie. Avec Becca à l'université et la plus jeune qui allait bientôt la suivre, elle avait désespérément besoin d'argent, et les boulots supplémentaires qu'elle avait pris ne couvraient pas ça. Peu de temps après l'enterrement de Bart, Junior a approché Trina avec une proposition. Utiliser la signature et l'autorisation de Bart pour faire ces arnaques de pièces détachées. Apparemment, Junior le faisait à petite échelle, mais s'il pouvait introduire un agent qui aurait carte blanche pour accepter les réparations de pièces FEO, alors il gagnerait encore plus. Il a proposé de partager ça avec Trina.

Je fermai les yeux. Heureusement, les médicaments dans mon corps atténuaient la douleur de ma déception concernant l'implication de Mme Trina.

— Mais comment ont-ils évité que l'employeur de son mari ne découvre sa mort ? demanda Precious.

— Trina ne le leur a pas dit. Sa mort était inattendue, et tout ce qui a suivi s'est passé rapidement. Comme le siège social de sa société se trouve dans un autre État, elle se faisait passer pour lui par e-mail pour continuer à encaisser ses chèques et les pots-de-vin de l'arnaque de Junior.

J'ouvris les yeux et me concentrai sur mon père pour le voir nettement.

— Et le *diner* de Graycloud ?

— Apparemment, la société de Bart n'était pas contente de toutes les autorisations que Trina faisait en son nom. Ils ont appelé pour parler avec lui, et Becca leur a dit qu'il était mort.

— Ah, ah, dis-je en m'apprêtant à claquer des doigts.

J'avais trois pouces et trois majeurs, et essayer de trouver lequel s'alignait avec l'autre était difficile.

— Quand elle a parlé à sa mère de l'appel, Mme Trina a paniqué.

Papa hocha la tête.

Precious plissa les yeux de confusion.

— Mais je ne comprends pas ce que ça a à voir avec le cambriolage du Junkie's ou de Graycloud.

— Moi non plus, dis-je avant de me mettre à rire.

Papa haussa les épaules.

— Plusieurs motivations, je suppose. Trina a évoqué le remboursement à la société de Bart des salaires qu'ils avaient versés depuis sa mort. Mais Junior avait aussi des problèmes avec quelques clients au garage. Un gars a amené un inspecteur pour avoir une confirmation que les pièces étaient des FEO. Avec l'incendie chez le fabricant, Junior ne pouvait pas trouver les pièces dont il avait besoin et lui avait dit qu'elles étaient sur la voiture. Il avait besoin d'entrer par effraction dans la casse pour y prendre les pièces.

— Quelles étaient les probabilités que Crenshaw aient la pièce ? demanda Precious.

Papa hocha la tête.

— Exactement. Junior a été un enfoiré chanceux. Mais je suis sûr que s'il n'avait pas pu avoir ce dont il avait besoin auprès de Crenshaw, il aurait trouvé un autre endroit à cambrioler. Le désespoir transforme les gens. Cet inspecteur risquait de tout dévoiler.

Leo arriva et nous scruta.

— Vous leur faites un compte rendu ? demanda-t-il à papa, qui hocha la tête.

— Il a admis que percuter le chevreuil était une coïncidence, dis-je.

— Mais se faire voler sa voiture ne l'était pas. Il a organisé ça, dit Leo en grimpant dans l'ambulance et s'asseyant au pied de ma civière. Cette photo que tu as prise de la voiture de Trina montrait de la peinture rouge provenant de la sienne et d'une autre. Nous l'avons fait analyser, et elle correspondait à la couleur de sa Saleen. Je suppose qu'il ne voulait pas prendre de risque et a fait disparaître la voiture.

— Et Jeff Smith ?

Je me souvenais de l'officier pleurant dans la salle d'interrogatoire.

— Il n'avait rien à voir là-dedans, répondit Leo. Il dormait dans un champ sur Cougar Valley Road. Il avait baissé sa radio.

Je plaçai ma main valide sur mes yeux alors que la vérité était mise au jour. Des gens que je connaissais. Des gens à qui j'avais fait confiance sans me poser de questions nous mentaient et nous trompaient, moi et d'autres, depuis un moment. Leurs raisons n'avaient pas d'importance.

— Je pense que je suis prête à aller à l'hôpital, papa.

— D'accord, princesse, dit-il.

Ses lèvres frôlèrent mon front.

Je jetai un coup d'œil sous ma paume, papa et Precious sortaient de l'ambulance. Leo me fixait du regard.

— Quoi ? fis-je en laissant tomber ma main sur le côté.

— C'est une chose de découvrir que des gens que tu apprécies sont des escrocs. Mais en l'espace d'une semaine, tu t'es cassé la clavicule, tu as été attachée, braquée, et tu as vidé le contenu de ton estomac sur ce que nous savons maintenant être une partie d'une seconde scène de crime. C'est une semaine chargée pour toi, dit-il en arquant un sourcil. J'ai connu une bonne partie de ce que tu as traversé, mais c'était sur la durée. Mais pas toi, tu arrives et tu arraches directement le pansement.

— Je suis tellement courageuse, dis-je, mes mots se brouillant légèrement.

La douleur dans mon épaule n'était plus qu'un léger élancement, et le fait de planer me donnait sommeil.

— Est-ce que tu es soûle ?

Il y avait une touche de rire dans sa voix.

Je fus horrifiée par sa question.

— Quoi ? On m'a donné un antidouleur.

Son regard était sceptique.

— D'abord la grippe, maintenant un antidouleur. Ça ressemble à des prétextes.

Il fit semblant de tousser dans sa main.

— Je pense que tu devrais t'en aller. Ouste.

J'agitai la main comme si je chassais un insecte agaçant.

Il se déplaça vers le banc et posa la main sur la mienne.

— Réfléchis sérieusement à ce plan de carrière, Samantha. C'est à ça que tu veux que tes journées ressemblent ? Je pense que tu devrais prendre des photos de bébés habillés en grenouillère, plutôt. Tiens-t'en au côté lumineux.

Je n'étais pas sûre de vouloir voir ce côté sombre des gens régulièrement non plus, mais je ne voulais pas en parler à ce moment-là.

— Beurk, dis-je. Ta main est moite. Dégueu.

Je retirai ma main.

— Je suis sérieux, Samantha, dit-il.

— Moi aussi. Tu devrais voir un médecin au sujet de ta transpiration excessive.

Quand je penchai vers lui, il me redressa.

— Il semblerait que ce métier te dérange aussi, Leo, continuai-je. Peut-être que *tu* devrais vérifier avec *tes tripes* aussi.

Je tentai un grognement sarcastique, mais mes lèvres étaient engourdies et ne fonctionnaient pas. L'effort à lui seul me fit rire. Je pinçai mes lèvres entre mes doigts deux fois avant de les lâcher.

— Je ne les sens pas.

— J'avais compris, répondit-il. J'essaie d'être sérieux, là. Peut-être que ce n'est pas le meilleur moment.

Je me pinçai encore une fois les lèvres, puis les lâchai.

— Peuh, dis-je en agitant une main dédaigneuse vers lui. Il n'y aura pas de meilleur moment pour être honnête. Voilà le truc, Leo. Toute ma vie, j'ai été la pauvre petite Samantha True, la fille qui n'était pas fichue d'apprendre à lire. Et si tu veux savoir ce que ça fait, demande à ton frère.

Je fermai les yeux et poussai un profond soupir.

— Peut-être que Hue avait raison de quitter la ville et de recommencer quelque part où aucun stigmate n'était attaché à lui. Prendre ces photos était important pour moi. J'aurais été douée pour quelque chose, pour ça. Qu'est-ce que ça dit si je m'en vais ? Tout le monde se demandera si je serai un jour capable de faire quelque chose.

Son front se plissa.

— Les gens sauront que tu as aidé à résoudre cette affaire. Ils sauront que tu as fait du bon travail.

— Parfait, j'ai fait un super boulot et je pars quand même, mais qu'est-ce que ça dit ? Est-ce que j'aurais eu un succès éphémère ? Comme ce tube de ton passé que tu aimes vraiment, mais tu n'arrives pas à te rappeler d'autres chansons de ce groupe ? Je serai comme ça. Et passons sur le fait que le compte rendu que Rawlings et toi avez remis à mon professeur était tout sauf extraordinaire.

Il passa une main sur son visage.

—Ça aussi.

Je n'osai pas le regarder de peur de lire de la pitié dans ses yeux. À la place, je pointai la sortie.

— Il est temps pour toi de te tirer. Je veux profiter des dernières traces de cette drogue avant de m'endormir, et ta présence la gâche.

— Tu penseras à ce que j'ai dit ? demanda-t-il, toujours résolu. Je détesterais voir ce boulot dénaturer ta personnalité. Qui se soucie de ce que les gens disent sur toi si tu n'es pas heureuse des choix que tu as faits ? Voilà ce qui compte vraiment.

— Bla, bla, bla. Voilà ce que j'entends quand tu parles.

Je laissai mes paupières se fermer pour ne plus le voir.

Le problème était qu'il avait raison. Dans mes rêves, les méchants ressemblaient à des personnes que je connaissais. Je ne voulais pas voir tout le temps le mauvais côté des gens. Je voulais la lumière et le bonheur. Bien plus que de réussir dans cette voie et rendre mes parents fiers avec mon diplôme universitaire, je voulais être heureuse. La vie avait déjà été bien assez dure.

Et ce fut pour ça que je décidai que Leo avait raison. Je ferais mieux de prendre des photos qui ne laissaient pas d'impressions sombres et durables. Mais jamais de la vie je ne le lui avouerais.

NOTES

Chapitre 7

1. NdT : Trixie est une jeune héroïne de 13 ans de romans d'enquêtes écrits entre 1948 et 1986.

The No Strings Attached Series-

(Romance) The No Strings Series has a chick lit vibe and some are available in audio.

The Girl He Knows

The Girl He Needs

The Girl He Wants

The Girl He Loves

Like cowboys?

The Wyoming Matchmaker Series

(Romance) Sweet and sexy romances on the ranch. There's action, adventure, and heartbreaking angst paired with feel good rewards.

The Cowboy Takes A Bride

The Cowboy's Make Believe Bride

The Cowboy's Runaway Bride

Samantha True Mysteries

Also in audio

(Mystery) These laugh out loud, action pack books take place in the Pacific Northwest. Join Samantha, an adult with dyslexia who's hid behind photography, on her adventures in her new life as a Private Investigator. A job she inherited when her new husband died unexpectedly and left behind a mess and another wife.

One Hit Wonder

All Bets Are Off

Best Laid Plans

Caught Off Guard

Two Time Loser

Dodged A Bullet

The Meryton Brides

(Sweet romance) The Meryton Brides is a complete series (for now) that is a light, pleasant modernization of Jane Austen's Pride and Prejudice with a twist on the characters. These sweet contemporary romance books are full of love, friendship, trust, and family. Darcy and Elizabeth's story spans the series and ends in book 5, but each book provides the happily ever after we seek.

To Have and To Hold (Book 1)

With This Ring (Book 2)

I Do (Book 3)

Promise Me This (Book 4)

Marry Me, Matchmaker (Book 5)

Honeymoon Postponed (Book 6)

Matchmaker's Guidebook - FREE

Samantha True Mysteries

Au clair du Mystére #1

All Bets Are Off #2: Bientôt disponible

Best Laid Plans #3: Bientôt disponible

Caught Off Guard #4: Bientôt disponible

Two Time Loser #5: Bientôt disponible

Dodged A Bullet #6: Bientôt disponible